二見文庫

僕の上司は人妻係長

葉月奏太

目次

僕の上司は人妻係長

第一章　憧れの女性

1

駅の改札を出ると冷たい風が吹き抜けた。

四月もなかばになるが、終電の近くなる時間となるとさすがに寒い。平沢友也《ひらさわともや》は思わず肩をすくめてコートの前をかき合わせた。

ロータリーのバス停には、会社帰りの人たちが長蛇の列を作っている。こんな時間まで働いていたのか、それとも一杯引っかけた帰りなのか。中年男性も若いOLも、みんな疲れた顔でスマホに視線を落としていた。

友也は彼らの横を足早に素通りして、商店街を歩いていく。

夕方に帰ってくれば活気があるが、この時間に開いている店はない。人のいない商店街はガランとしており、妙に淋しい気持ちになる。そのせいなのか、会社での出来事が脳裏によみがえった。

友也は冷凍食品メーカーに勤務している二十三歳の会社員だ。

営業部に所属しており、ルート営業で三十店舗ほどを担当している。この春で入社二年目を迎えたが、いまだに失敗することが多い。これまでは若手ということで大目に見てもらっていた部分もある。だが、新入社員を迎えたことで状況が変わった。

(よりによって……)

ついため息が漏れてしまう。

営業部に配属されたのは、三島杏奈《みしまあんな》という女性だ。大卒の二十二歳で、清潔感があってよく笑う。アイドルグループにいてもおかしくないほどの容姿だが、決して鼻にかけることなく愛想がいい。

早い話が誰からも好かれるタイプだ。

実際、男性社員たちのほとんどは、杏奈のファンになっていた。仕事を丁寧に教えるのはもちろん、用もないのに頻繁に話しかける。それだけではなく、杏奈は毎日のように先輩社員から食事に誘われていた。

(それに比べて、俺は……)

失敗ばかりで同僚たちから呆れられている。

今日も取引先で先方の肩書きを間違えるという大失態を犯した。店長に昇進したのに、知らないまま以前のように副店長と呼びつづけてしまった。しかも、そのミスにまったく気づかず、会社に苦情の電話が入ったのだ。

――もっと仕事に集中しなさい。

係長の皆川貴子《みながわたかこ》に投げかけられた言葉が頭に残っている。

貴子は二十八歳の既婚者だ。仕事に厳しい上司で、友也は入社して一年経った今もミスの大小を問わず、あるいはミスそのものに至らない案件でも、細かく容赦ないチェックが入る。その一方で面倒見のいいところもあり、決して友也を突き放したりはしない。

(もし、係長じゃなかったら……)

とっくに営業部から異動になっていただろう。

なにしろミスが多いため、営業部のお荷物と化している。同僚たちに尻拭いをしてもらってばかりで、冷たい目を向けられていた。

正直なところ、この仕事が自分に合っているとは思えない。何度、辞めようと思ったかわからない。それでもギリギリのところで踏ん張ってきたのは、貴子が上司だったからだ。

（ああっ、貴子さん……）

心のなかで名前を呼ぶだけで、胸がせつなく締めつけられる。

じつは貴子に恋をしていた。一年前、営業部に配属されて、はじめて挨拶をしたときから気になっていた。

友也が惹《ひ》かれたのは、貴子のクールな美貌だけではない。アーモンド形の瞳から厳しさが滲んでいたが、その奥にあるやさしさも感じていた。仕事ができるだけではなく、根気よく指導してくれる姿に感謝し、尊敬の念を持った。

美しい上司に憧れる気持ちが、いつしか好意に発展するのに、それほど時間はかからなかった。

だが、貴子には夫がいる。夫がどういう人かは知らないが、結婚しているのは間違いない。

（もし、独身だったら……）

ふとそんなことを考えて苦笑が漏れた。

仮に貴子が独身だったとしても、交際できるはずがない。なにしろ、友也は消極的な性格が災いして、これまで一度も女性とデートしたことがないのだ。そんな状態なので、二十三歳になる今も童貞だった。

思わず肩をがっくり落とした。

気づくと商店街を抜けて、周囲は住宅街になっている。しかし、この時間に明かりがついている家はほとんどない。街路灯に照らされた歩道にも人の気配はなく、車も走っていない。遠くで犬の啼き声が聞こえるだけだった。

冷たい風が吹き抜けて、反射的に肩をすくめる。

アパートの自室に帰っても、誰かが待っているわけではない。友也は淋しさを胸に抱えて、深夜の住宅街をとぼとぼ歩いた。

(あれ……)

視界の隅になにかが映った。

立ちどまって周囲に視線をめぐらせる。すると、一般住宅とは異なる白壁の洋館が目に入った。三角屋根の上に十字架が乗っており、月明かりを浴びて輝いている。

(教会か……)

意外に思ったのは一瞬だけだ。

よくよく考えると教会は以前からあった。ここは通勤ルートなので、毎日、朝と晩に通っている。現在のアパートに入居して一年も経つのに、これまで教会を気にしたことはなかった。

今日に限ってなぜか気になる。

友也は教会をまじまじと見つめた。敷地内は草木が植えられており、歩道から建物の入口まで、緑の小道がまっすぐつづいている。そして、ランプ形の玄関灯が、木製の大きなドアを浮かびあがらせていた。

歩道のすぐ脇に小さな看板があり、そこには「いつでもお気軽にいらしてください」と書いてある。

(でも、さすがにこの時間は……)

腕時計に視線を落とすと、すでに深夜零時をまわっている。

看板には「いつでも」と書いてあるが、まさか二十四時間という意味ではないだろう。

しかし、玄関灯の明かりに温かいものを感じる。普段は素通りしていたが、今夜は気になる。

仕事のことで、ひどく落ちこんでいる。友也はキリスト教徒ではないが、なにかに縋《すが》りたい気分だ。吸い寄せられるようにして、敷地内にふらふらと足を踏み入れた。

両開きになっている木製のドアは、見あげるほど大きかった。

恐るおそるドアを開いて、教会のなかに視線を向ける。必要最小限の照明がぽつぽつと灯っており、天井の高い空間を照らしていた。

「こんばんは……」

小声で呼びかけるが返事はない。

自分の声が静謐《せいひつ》な空間に反響していた。

外国人の神父が出てきたらどうしようかと思ったが、人の気配はまったくなかった。

もしかしたら、鍵をかけ忘れているだけかもしれない。それとも、夜間は無人のまま開放しているのだろうか。勝手に入ったらまずい気がする。だが、日常とは異なる雰囲気に触れて、心が揺り動かされていた。

漂っている空気が澄んでいるように感じるのは気のせいだろうか。ただただ静かな空間がひろがっていた。

おそらく、聖堂と呼ばれる場所だろう。中央に通路があり、左右に木製の長椅子がたくさん並んでいる。通路の先にあるのは祭壇かもしれない。奥の壁には大きな十字架があり、周囲がステンドグラスになっていた。

照明の光を浴びて、ステンドグラスがキラキラしている。赤、青、黄、紫、緑など色とりどりで、視線が吸い寄せられる。日が差しこむ昼間なら、どれほど神々しく輝くのだろうか。

友也はほとんど無意識のうちに、聖堂のなかをふらふらと進んでいく。そして、気づくと祭壇の前に立っていた。

床が少し高くなっており、そこに木製の祭壇が設置されている。

こうして聖堂のなかで祭壇に向かっていると、信者でもないのに厳《おごそ》かな気分になるから不思議なものだ。

(えっと……どうすればいいんだ?)

お祈りをしようとして躊躇《ちゅうちょ》する。

神社だったら手を合わせるが、キリスト教ではどうするのだろうか。なんとなく手を組んでお祈りしているイメージがある。よくわからないが、形よりも気持ちが大切なのではないか。

友也は小さく深呼吸すると、両手を胸の前でしっかり組んだ。

(膝をついたほうがいいのかな……)

ふとそう思って、その場にしゃがみこむ。そして、両膝を床につくと、頭を垂れて目を閉じた。

(仕事ができるようになりたい。貴子さんに褒められたい……貴子さんに認められるような男になりたいです)

心のなかで静かに願いを唱える。

苦しいときの神頼みとは、まさにこのことだ。自分でも都合がよすぎると思いつつ、友也は真剣に祈りを捧げた。

(できれば、貴子さんと……つき合いたいです)

ずうずうしいとは思ったが、願うだけなら構わないだろう。

貴子が人妻だということを忘れたわけではない。たとえ人妻ではなかったとしても、自分とは釣り合わない女性だとわかっている。それでも、惹かれる気持ちはとめられない。

(せめて、夢のなかだけでも……)

今夜、幸せな夢が見られればそれでいい。

明日の朝、目が覚めたときに落胆するだろう。だが、現実にはあり得ないとわかっているからこそ、いっときでも幸せな気分に浸りたかった。

(どうか、お願いします)

手を組んだまま、そっと目を開けて壁の十字架を見つめる。

ここで十字架がピカッと光りでもすれば、願いが成就するのかもしれない。しかし、そんな奇跡のようなことが起こるはずもなく、聖堂のなかはシーンと静まりかえったままだった。

(そりゃそうだよな……)

思わず苦笑が漏れる。

普段は教会の前を素通りしていたのに、そもそも自分が苦しいときだけ助けてもらおうという考えが間違っている。諦めて立ちあがろうとしたとき、祭壇の前の床でなにかが光った。

(これは……)

手を伸ばして、銀色に光る物を拾いあげる。

指輪だった。宝石や特別な装飾のないシンプルなデザインだが、確かな存在感がある。もしかしたら、結婚指輪かもしれない。それなら探している人がいるはずだ。

教会の人がいるなら預けるが、どうやら誰もいないらしい。祭壇に置いておけば、落とし主が探しに来るかもしれない。

友也は指輪を祭壇にそっと置いた。

そのまま立ち去ろうとするが、なぜか指輪が気になった。もう一度、手に取ってまじまじと見つめる。これが本当に結婚指輪なら、幸せの象徴と言えるのではないか。

(ちょっとだけ……)

左手の薬指にそっとはめてみる。もちろん、すぐに返すつもりだが、見知らぬ誰かの幸せにあやかりたかった。

「うっ……」

その瞬間、頭のなかに閃光が走り抜ける。

立ちこめていた靄が晴れたように、妙にすっきりした気分だ。なぜか思考が鮮明になった気がする。

(今のはなんだ?)

不思議に思って指輪を見つめる。

もしかしたら、これをはめたことが関係しているのだろうか。いやな予感がして、すぐにはずそうとする。

(あれ?)

指輪がまったく動かない。

まるで皮膚に貼りついたような状態だ。いくら力をこめても、びくともしなかった。

(焦るな、大丈夫だ)

心のなかで自分に言い聞かせる。

入ったのだから、必ず抜けるはずだ。いったん、指を曲げ伸ばししてから、もう一度挑戦してみる。だが、やはり動かない。それならばと、指輪をいったん根元まで押しこんだ。

(ここから一気に引っ張れば……)

勢いで抜けるのではないか。

右手の指先で指輪をつかんで、力をぐっとこめる。しかし、皮膚が引っ張られるだけで抜けてくれない。

「痛っ!」

思わず顔をしかめる。

皮膚か関節が、どうにかなってしまいそうだ。勢いをつけたことで痛みが倍増していた。

(や、やばい……)

額から汗がどっと吹き出した。

落とし物の指輪を勝手にはめて、それが抜けなくなってしまった。しかも、教会には誰もいない。焦りばかりが大きくなっていく。しばらく押したり引いたりを繰り返したが、やはり結果は同じだった。

(ダメだ……)

まったく抜ける気配がない。これ以上やっても時間の無駄だ。ただ引っ張るだけではなく、ほかの手段を考える必要があった。

(せめて、石鹼があれば……)

石鹼で滑らせたら抜けるかもしれない。

この教会から友也の部屋までは目と鼻の先だ。指輪が抜けたら、すぐに戻って祭壇に返せばいい。黙って帰るのは気が引けるが、この時間は誰もいないのだから仕方がない。とにかく、友也は急いでアパートに向かった。

2

「す、すみませんでした……」

友也は係長のデスクの前に立ち、頬をひきつらせながら頭をさげた。

背中に冷たい視線を感じる。同僚たちが呆れているのが、顔を見るまでもなくわかった。

だが、友也が気になっているのは、目の前にいる貴子だけだ。信頼を回復するのがむずかしいのはわかっている。せめて、これ以上、評価をさげたくない。誰よりも貴子に見放されることを恐れていた。

「ここのところ、集中力が欠けているんじゃないの」

貴子が抑揚を抑えた声で語りかけてくる。椅子に座り、切れ長の瞳で友也の顔を見つめていた。

この日の貴子は、グレーのスーツ姿だ。艶《つや》やかなセミロングの黒髪が、ジャケットの肩を撫でている。胸もとは大きく盛りあがり、白いブラウスにはブラジャーのラインがうっすら浮かんでいた。

（ど、どこを見てるんだ……）

友也は心のなかで自分を戒める。

怒られているというのに、つい貴子の身体を眺めてしまう。反省していないわけではない。だが、こんな状況でも惹かれる気持ちは抑えられなかった。

「本当にしっかりしてもらわないと困るわ」

「は、はい……すみませんでした」

もう一度、深々と頭をさげる。

営業車で取引先のスーパーに向かったところ、駐車場で隣に停まっていた車にぶつけてしまったのだ。

少し擦っただけだが、事故であることに変わりはない。もし、人にぶつかっていたらと思うとぞっとする。昨日は別の取引先で相手の肩書きを間違えたので、連日にわたる失態だ。

「営業車を運転しているということは、会社の看板を背負っているということでもあるのよ。あなたひとりの問題じゃないの。平沢くんの失敗が、ほかのみんなにも影響するのよ。そのことを肝に銘じてちょうだい」

貴子の言葉が胸に突き刺さる。

返す言葉がない。これまでも多くの失敗を重ねてきて、同僚たちに迷惑をかけてきた。自分のミスが会社の評判をさげることになるかもしれないのだ。

「とにかく、事故報告書をまとめて、今日中に提出しなさい」

突き放すように言われて、ますます気分が落ちこんだ。

「はい……」

友也は小声で返事をすると、自分のデスクにとぼとぼ戻る。

同僚たちは誰も目を合わせようとしない。だが、苛立っている空気は伝わっていた。

（またやっちゃったな……）

自分のデスクにつくと、小さく息を吐き出した。

教会でお祈りしたのは昨夜のことだ。しかし、願いは神様に届かなかったらしい。もっとも本気でお祈りの効果を期待していたわけではない。たった一夜で仕事ができるようになるわけもなく、貴子に認められる人間に変身できるはずもなかった。

（やっぱり、ダメか……）

思わずうつむいたとき、左手薬指の指輪が目に入った。

昨夜、自室に戻ってから、必死にはずそうとした。石鹸を塗ってみたり、風呂に入って指をふやかしたりしたが、それでも抜けなかった。そんなことをやっているうちに明け方になり、寝不足のまま出勤した。それで集中力を欠いていたせいもあり、事故を起こしてしまったのだ。

（なにやってんだよ、俺……）

自分自身に呆れてしまう。

神頼みした結果、また失敗してしまった。間抜けすぎて、自分が哀れに思えてきた。

ふと視線を感じて顔をあげる。

すると、向かいの席に座っている杏奈と視線が重なった。杏奈は友也にはじめてできた後輩だ。本来なら友也が指導する立場だが、そんな余裕はまったくなかった。

「大丈夫ですか？」

杏奈がやさしく声をかけてくれる。

濃紺のスーツが初々しい後輩が気を遣《つか》ってくれる。うれしさと情けなさがまざり合い、胸の奥にひろがった。

「う、うん……ありがとう」

とっさに作り笑顔を浮かべて答える。

だが、なにか違和感を覚えた。杏奈の言葉は友也に向けられたものだが、それにしてはボリュームが大きい。彼女の声は、周囲の同僚たちにもしっかり聞こえていた。

「杏奈ちゃんはやさしいな」

誰かがつぶやくと、営業部全体に同調する空気が生まれる。すると、杏奈は照れた笑みを浮かべて肩をすくめた。

「そんなことありませんよ」

頬を染める姿は愛らしい。新入社員なので、仕事の評価ができる段階ではないが、友也より好かれているのは間違いなかった。

（かわいいって得だよな……）

心のなかでつぶやき、小さく息を吐き出した。

もう、なにをやっても上手くいかない気がする。いよいよ貴子にも愛想を尽かされるのではないか。そうなったら、この会社にいる意味もない。友也はますます暗い気持ちになりながらパソコンに向かった。

ようやく事故報告書を書き終えた。

気づくと室内は静まりかえっていた。時刻はもうすぐ午後九時になるところだ。いつの間にか、向かいの席の杏奈はもちろん、ほかの同僚たちもほとんど退勤していた。

はっとして係長席に視線を向ける。

すると、貴子はまだパソコンに向かっていた。もしかしたら、友也が事故報告書をまとめるのを黙って待っていたのかもしれない。そう思うと申しわけない気持ちになってきた。

(怒ってるかな……)

友也は恐るおそる立ちあがると、係長席に向かった。

「お、遅くなって、すみませんでした」

緊張のあまり声がうわずってしまう。

また逆鱗《げきりん》に触れるかもしれないと思うと、貴子の顔をまともに見ることができない。とにかく、腰を九十度に折って頭をさげる。そして、プリントアウトした事故報告書を両手で差し出した。

「お疲れさま」

意外にもやさしい声だった。

思わず顔をあげると、貴子は口もとに微笑を浮かべていた。遅くまで待たせてしまったが、怒っていないとわかって安堵する。ここでまた怒られたら、もう立ち直れないところだった。

「すぐに確認するから、ちょっと待ってて」

貴子は両手を伸ばして、事故報告書を受け取った。

そのとき、指先が軽く触れてドキリとする。単なる偶然だが、憧れの人と触れ合ったことで胸の鼓動が速くなった。

「さっきはつい怒ってしまったけど、怪我はなかったのかしら」

貴子がぽつりとつぶやいた。

まるで独りごとのような言い方だ。そして、友也の顔を見ることなく、事故報告書に視線を落とした。

(貴子さんが、俺のことを……)

まさか、そんな言葉をかけてもらえるとは思いもしなかった。

事故を起こしてしまったのは大失態だが、貴子が心配してくれるのは素直にうれしい。こんなときに喜んでいる場合ではないが、落ちこんでいた気持ちが少しだけ上向きになった。

「大丈夫です」

友也は直立不動の姿勢で答える。内心、浮かれているが、事故のあとなので懸命に平静を装った。

「急にどうしたの？」

貴子は顔をあげると、不思議そうに首をかしげる。友也の返答が気に入らなかったのだろうか。

「け、怪我はありません」

慌てて言い直すが、貴子は納得していない。怪訝《けげん》な顔になり、友也の目をのぞきこんだ。

「怪我のことを聞かれたので……」

「なにを言ってるの？」

貴子が訝《いぶか》しげな瞳を向けてくる。このままだと、また怒らせてしまうかもしれない。

「い、いえ……け、怪我はなかったのですが、会社の車に傷をつけてしまいました。申しわけございませんでした」

反省の弁を述べると勢いよく頭をさげる。二度と事故を起こさないと誓いながら、腰を九十度に折り曲げた。

とにかく、貴子を怒らせたくない。

「平沢くんに怪我がないのならいいのよ。ちょっと気になっていたから、報告してくれてありがとう」

貴子はそう言うと、再び事故報告書に視線を落とす。

（なんか、ヘンだな……）

今ひとつ会話がかみ合っていない気がする。友也は不思議に思いながらも、それきり黙りこんだ。

よけいなことを言って、貴子の機嫌を損ねたくない。ただでさえ、友也はみんなの足を引っ張っているのだ。貴子も頭が痛いに違いない。これ以上、嫌われたくなかった。

「ここだけど――」

ふと貴子が顔をあげる。そして、事故報告書を差し出した。

「はい」

友也は反射的に手を伸ばして書類をつかむ。そのとき、またしても指先が触れてドキッとした。

「日付が入ってないじゃない。こういうところがダメなのよね。平沢くんはどこか抜けてるのよ」

呆れたような言い方だが、怒っているわけではない。ただ、いつもと口調が違うのが気になった。

「すみません、日付ですね」

友也が答えると、貴子が驚いたように目をまるくする。

「気づいていたの？」

「はい？」

なにを言われたのかわからず聞き返す。すると、貴子は訝しげな瞳で、友也の顔をまじまじと見つめた。

「日付を書き忘れたことよ」

「いえ、今、係長が……」

友也の声はどんどん小さくなってしまう。

またしても会話がかみ合わない。貴子も同じことを思ったのか、首をかしげながら事故報告書を引きさげた。

「わたしが書いておくわ。もう遅いから帰りなさい」

「は、はい……すみません」

おかしな空気になってしまった。また機嫌を損ねてしまったかもしれない。友也は肩を落として自分の席に戻った。

営業部に残っているのは貴子と友也だけになっていた。いつの間にか、みんな帰ってしまったらしい。自分のミスなので仕方ないが、貴子に見放された気がして気持ちはさらに重く沈みこんだ。

「平沢くん——」

ふいに声をかけられて係長席に顔を向ける。すると、貴子がまっすぐこちらを見つめていた。

「このあと、時間ある？」

なにか仕事を頼まれるのだろうか。挽回するチャンスかもしれない。友也は勢いよく立ちあがった。

「時間、あります！」

気合いが入りすぎて、つい声が大きくなってしまう。部屋に誰かいたら、また白い目を向けられていたところだ。

「なにをやればいいですか」

前のめりになって尋ねるが、貴子は柔らかい笑みを浮かべて首を小さく左右に振った。

「そうじゃないの。お腹、空いてない？」

「お腹……ですか？」

まったく想定していなかったことを聞かれて、即座に返事ができない。すると、貴子はすっと立ちあがった。

「ちょっと飲みに行きましょうか」

思ってもない言葉だった。

これまで会社の新年会や忘年会、歓送迎会では飲んだことがある。だが、ふたりきりで飲みに行ったことは一度もなかった。

貴子としては、落ちこんでいる部下を元気づけるために誘ったのだろう。それでも、友也にとってこれほどうれしいことはない。憧れの人とふたりきりで飲めるなんて夢のような話だ。

「い、行きます！」

友也が慌てて答えると、貴子は楽しげに目を細めた。

3

十数分後、友也と貴子は会社の近くにある居酒屋にいた。

店員たちの威勢のいい声が飛び交うなか、半個室のボックス席でテーブルを挟んで向かい合わせに座っている。ちょうど今、生ビールの中ジョッキが運ばれてきたところだ。

「お疲れさま。カンパイしましょうか」

会社を出たせいか、貴子の表情は和んでいる。ジョッキを手にすると、微笑を浮かべて語りかけてきた。

「で、では……お疲れさまです」

友也も緊張しながらジョッキを手にして乾杯する。緊張をほぐしたくて、生ビールをぐっと呷《あお》った。

(これくらいじゃダメだ……)

ふたりきりだと思うと、ヘンに意識してしまう。

子にすれば、部下を励まそうとしているだけだろう。だが、友也は密かに貴子のことを想っている。その憧れの女性とお酒を飲んでいるのだ。まともに顔を見ることができず、さらにビールを喉に流しこんだ。

「食べたいもの、どんどん頼んでね」

貴子が気を遣ってなのか、声をかけてくれる。いつも怒られてばかりなので、やさしい声音が新鮮だ。

「は、はい……」

緊張のあまり声がうわずってしまう。

この状況で食欲など湧くはずもないが、なにか頼むべきだろう。テーブルの端に立ててあるメニューを手に取り、店員に声をかけた。

枝豆とフライドポテト、それに鶏の唐揚げを注文する。そして、メニューを貴子に差し出した。

「係長もなにか頼みますか」

「そうね……」

貴子がメニューを受け取るため手を伸ばす。そのとき、ふたりの指先が軽く触れた。

「サラダはあるかしら」

「確か、前のほうのページに……」

すかさず答える。サラダの写真が何枚があったはずだ。友也はメニューをめくり、サラダが載っている場所を開いた。

「平沢くん……」

貴子が不思議そうに見つめている。

なにか失礼なことでも言ってしまったのだろうか。友也は怒られると思って反射的に肩をすくめた。

「気が利くじゃない」

意外な言葉だった。貴子はにこやかにつぶやくと、メニューを見てシーザーサラダと刺身の盛り合わせを注文した。

（焦った……）

平静を装いつつ、内心ほっと胸を撫でおろす。

貴子がなにか言いたげに見つめていたので、てっきり気づかないうちに怒らせてしまったのかと思った。

なぜか今日は会話がかみ合わない気がする。だが、貴子が怒っていないのなら問題ない。なにしろ、今は貴子とふたりきりだ。いちいち細かいことを気にしている余裕はなかった。

「あ、あの、係長……」

友也は背すじを正して切り出した。

連日にわたるミスをしっかり謝罪しておくべきだと思った。貴子に見放されてしまったら、会社で居場所がなくなってしまう。謝罪したところでミスを取り返せるわけではないが、やる気があることはわかってほしい。

「いろいろ、すみませんでした」

とにかく頭をさげて、反省の気持ちを伝える。

ふと教会で祈ったことを思い出す。貴子に認められる男になりたい。それが無理だとしても、せめて人並みに仕事ができるようになりたかった。

「今は仕事中じゃないから、そういうのはいいのよ」

貴子が穏やかな声で語りかけてくる。

やさしい声音にほっとするが、迷惑をかけているのは事実だ。新入社員の杏奈がちやほやされているので、なおさら焦りが大きかった。

「俺……もしかして、こういう仕事に向いてないのかなって思って……」

これまで誰にも言っていなかったことを口にする。

貴子の近くにいたいが、お荷物になっているのは間違いない。本格的に嫌われる前に、自分から会社を去ったほうがいいのかもしれない。

「ひとりで悩んでいたのね」

しばらく黙っていたと思ったら、貴子がぽつりとつぶやいた。

「平沢くん、取引先での評判は悪くないわよ。人当たりがいいっていう声はよく聞くわ」

「そうなんですか？」

思わず聞き返すと、貴子は小さくうなずいた。

「でも、押しが足りないから営業成績が伸びないのよ」

「押しですか……じつは、人と話すのが苦手で……」

この際なので悩みを打ち明ける。

営業の仕事で、人と話すのが苦手なのは致命的だ。呆れられるかもしれないと思ったが、貴子はまじめな顔で聞いてくれる。

「最初のころより、ずっとよくなったと思うわよ」

「そうでしょうか……」

「一年、がんばってきたじゃない。気づかないうちに慣れてきたのよ。平沢くんは、もう少し自信を持ったほうがいいと思うわ。ただ、単純なミスは無くすことね」

頭ごなしに怒ったりせず、やさしく語りかけてくれることがうれしい。友也は思わず涙ぐみそうになりながらうなずいた。

そのとき、注文していた料理が運ばれてきた。

「さあ、遠慮しないで、たくさん食べなさい」

貴子が笑顔で声をかけてくれる。

仕事中とは違って、貴子は終始にこやかだ。ビールの酔いも手伝って、少し緊張がほぐれてきた。

「いただきます」

友也はさっそく料理に手を伸ばした。

ビールがなくなると、貴子がおかわりを注文してくれる。勧められるまま飲んでいるうちに、いい感じに酔ってきた。いつしか、彼女の顔もうっすら桜色に染まっていた。

「ところで、休みの日はなにしてるの？」

貴子が何気なく尋ねてくる。

特別、友也のプライベートに興味があるわけではないだろう。コミュニケーションをはかるため、仕事以外の話をしようと思っただけではないか。だから、友也も気軽に口を開いた。

「部屋でゴロゴロしてることが多いです」

「若いのにもったいないじゃない。彼女はいないの？」

「今はいません」

言った直後に羞恥がこみあげて、顔がカッと熱くなる。

とっさに「今は」と言ったが、まだ女性と交際した経験は一度もない。それなのに、つい見栄を張ってしまった。もう貴子の顔を見ることができず、友也は視線をそらしてビールを飲んだ。

「そうなの……」

貴子がぽつりとつぶやく。

その声につられて見やると、貴子はなにやら淋しげな顔になっている。会社では決して見せない表情が気になった。

（なにか、あったのかな？）

ふと心配になり、じっと見つめてしまう。すると、視線を感じたのか、貴子が慌てて作り笑顔を浮かべた。

「そろそろ、お開きにしましょうか」

そう言われて腕時計を確認すると、すでに午後十一時をまわっていた。

「もうこんな時間か……」

友也は思わず肩をがっくり落とした。

楽しい時間はあっという間にすぎてしまう。貴子とふたりきりで飲む機会などそうそうない。これが最初で最後かもしれなかった。

貴子が立ちあがってレジへと向かう。友也は慌ててあとを追いかけるが、思った以上に酔っているらしく足もとがふわふわしていた。

会計は貴子がすべて払ってくれた。友也も出そうとしたが、自分が誘ったのだからと受け取らなかった。

「ご馳走さまでした」

店の外に出ると、あらたまって礼を言う。

「明日から、またがんばってね」

貴子が微笑を浮かべて駅に向かおうとする。そのとき、身体がふらついて倒れそうになった。

「危ないっ」

頭で考えるより先に体が動く。友也はとっさに手を伸ばして、貴子の身体を抱きとめた。

「あっ……」

気づいたときには、顔と顔が接近していた。息がかかるほど近くて、一気に緊張が高まった。

「だ、大丈夫ですか？」

尋ねる声が震えてしまう。

右手で背中を支えて、左手を腰にまわした格好だ。貴子は驚いた顔で見あげている。友也の腕に身を委ねて、胸板に頬を押し当てていた。

「え、ええ……ありがとう」

貴子がぽつりとつぶやく。

甘い吐息が鼻先をふわっとかすめる。友也は反射的に息を大きく吸いこみ、貴子の香りで肺を満たした。

（ああっ、貴子さん……）

うっとりとした気分になり、腕のなかの貴子を見おろす。

彼女の頬がまっ赤になっているのは、ビールを飲みすぎたせいだろうか。瞳がしっとり潤んでいるのが色っぽくてドキドキする。瞳に吸いこまれそうな感覚に囚われて、友也は思わず黙りこんだ。

「平沢くん、手を……」

貴子が小声でささやく。そして、腰にまわされている友也の左手を、そっとつかんだ。

「あっ、す、すみません……」

指摘されて、はっと我に返る。慌てて手を放そうとしたとき、再び貴子の声が聞こえた。

「夫は構ってくれないし……平沢くん、誘ってくれないかな」

信じられない言葉だった。

(ま、まさか……)

自分の耳を疑い、貴子の顔を見つめ返す。

からかわれているのだろうか。しかし、貴子はそんな冗談を言うタイプではない。ふだんの厳しい姿を知っているだけに不自然な気がする。

（い、いや、ちょっと待てよ）

今、貴子の唇は動いていなかった。

目の前に顔があるので、見間違えるはずがない。唇は閉じたままなのに、なぜか彼女の声だけが聞こえたのだ。

（俺の妄想……なのか？）

もしかしたら、自覚している以上に酔っているのかもしれない。

そのせいで妄想と現実の区別がつかなくなっているのではないか。なにしろ密着しているのだからテンションがあがっている。貴子に誘われることを想像しているうちに、幻聴が聞こえたとしてもおかしくない。

「平沢くん、聞いてる？」

貴子が手を握ったまま、再び語りかけてくる。今度は唇がしっかり動いているのを確認した。

「は、はい……」

返事をした直後、またしても頭のなかで声が響いた。

――どうせ、あの人は帰ってこないわ。

――平沢くんなら、やさしく慰めてくれるかも。

──そんなの無理よね。平沢くんが誘ってくれるはずないわ。

貴子の声だが、唇は動いていない。

だが、今度は構えていたので細部まではっきり聞き取れた。なぜかエコーがかかったような声になっていた。

（やっぱり、幻聴だな）

胸のうちでつぶやき、小さく息を吐き出した。

既婚者の貴子が言うはずのない台詞《せりふ》だ。仮に夫とうまくいっていないとしても、友也などを相手にするはずがない。

（でも、もし……もし、幻聴でなかったら……）

ふとそんなことを考えてしまう。

酔ったふりをして、誘ってみるのはどうだろうか。貴子がどんな反応をするのか見てみたい。危険な気もするが、貴子も足をもつれさせるほど酔っている。断られるにしても、今なら笑って許してくれるのではないか。

（よし、思いきって……）

素面なら絶対にやらないことだ。

直属の上司である貴子に嫌われたら、会社に居づらくなってしまう。

だが、なにもしなければ、貴子と結ばれることはまずない。こうして、ふたりきりで飲む機会も二度とないかもしれない。そう考えると、ますます今夜しかない気がした。

「も、もう少し……いっしょにいたいです」

勇気を出して口にする。

「よ、よろしければ、このあとどこかに……」

奥手な友也の精いっぱいの誘い文句だ。

緊張のあまり声は小さくなってしまったが、それでも貴子の耳には届いたらしい。目を大きく見開き、友也の顔を見あげていた。

「本気で……言ってるの？」

貴子が感情を抑えた声で尋ねてくる。

なにを考えているのかわからない。怒られそうな気がして、友也は頬をひきつらせて固まった。

4

「ちょっと、飲みすぎちゃったみたい……」

貴子は独りごとのようにつぶやき、ジャケットを脱いでベッドに座った。白いブラウスのボタンを上から三つはずす。襟が左右に開いて、白い肌とほっそりした鎖骨が見える。さらには乳房の谷間と白いブラジャーのレースがチラリとのぞいた。

（こ、こんなことが……）

友也は呆然とベッドの前に立ちつくしている。

ここはシティホテルのダブルルームだ。居酒屋を出たところで、友也は思いきって貴子を誘った。

断られて当然だと思ったが、意外にも貴子は探るような言葉をかけてきた。友也が答えられずにいると、それ以上なにも言わずに手を握った。そして、タクシーに乗りこみ、このホテルにやってきたのだ。

（ダメもとだったのに、まさか……）

断られたときは、すべてを酒に酔ったせいにするつもりだった。

ところが、貴子に連れられてホテルに来た。そして今、こうして密室でふたりきりになっているのだ。

サイドテーブルに置いてあるスタンドだけが灯っており、飴色の光が部屋のなかをムーディに照らしている。カーテンが開け放たれた窓から東京の夜景が一望できる。だが、今は景色を楽しんでいる余裕などない。

(ま、まさか、本当に……)

この期《ご》に及んで戸惑っている。

なにしろ友也は童貞だ。ホテルでふたりきりになってはみたものの、この先どうすればいいのかわからない。せっかくのチャンスだというのに、押し倒す勇気などあるはずがなかった。

「平沢くん……」

貴子が語りかけてくる。そして、右手を伸ばすと、立ちつくしている友也の左手をそっと握った。

――ここまで来て、なにもしないの?

頭のなかで声が響いた。

実際に貴子が言ったわけではない。視線は重なっていたが、彼女の唇は動いていなかった。

また妄想かもしれない。だが、今はそんなことはどうでもいい。貴子が手を握っているのだ。なにが起きているのかはわからないが、貴子が誘っているのは間違いない。

「か、係長……」

友也は貴子の左隣に腰かける。貴子は右手で友也の左手を握ったままなので、ふたりは体をやや斜めにして向き合う格好になっていた。

――もしかして、わたしに興味ないのかな。

貴子が不安げな瞳を向ける。

「そ、そんなこと、ありませんっ」

思わず大きな声をあげると、勢いにまかせて彼女の肩に右手をまわす。

貴子は驚いた顔をするが、なにも言わずに睫毛を伏せる。おそらく、口づけを待つ仕草だ。ここまでされて、やらなければ男ではない。友也は緊張しながら顔を寄せていく。

「んっ……」

唇が触れた瞬間、貴子が小さな声を漏らした。

これが友也のファーストキスだ。柔らかい唇の感触に驚かされる。今にも蕩けそうで、ただ触れているだけで心地いい。想像していた以上に柔らかくて、うっとりした気分になった。

(お、俺、貴子さんと……)

憧れの女性とキスをしている。そう考えるだけで、ますます感激がふくれあがった。

貴子がキスをしたまま、唇をそっと開く。舌先が伸びて、友也の唇をやさしく撫でた。

(こ、これは……)

ディープキスのお誘いかもしれない。友也も緊張しながら唇を開くが、焦るあまり歯がぶつかってしまう。

――震えてる。

貴子の声が頭に流れこんでくる。

確かに、握られたままの左手も、触れている唇も震えていた。緊張と感激がまざり合い、かつてないほど昂っている。自覚するほどに、震えはますます大きくなってしまう。

「じ、じつは……はじめてなんです」

思いきって告白する。

女性経験がないことを知られるのは恥ずかしい。しかし、見栄を張ったところでどうにもならない。貴子がどういう反応をするのか気になるが、自分から打ち明けるしかないと思った。

「そうなの……」

貴子はぽつりとつぶやくだけで黙ってしまう。なにかを考えこんでいるような表情が気になった。

――キスがはじめてなら……童貞ってことかしら。

――それなら、わたしがはじめての女に……。

――きっと、そんなのいやよね……。

またしても頭のなかで貴子の声が響いた。

身も心もかつてないほど昂った状態で、もはや貴子が本当に口走っているのか自分の妄想なのかもわからない。とにかく、想いを寄せる人とひとつになりたくてたまらなかった。

「か、係長が……係長がいいですっ」

思いきって気持ちをぶつける。酒の酔いも手伝って、今夜の友也はいつになく大胆になっていた。

「平沢くん……」

貴子が目を丸くする。

握っていた友也の左手を放して黙りこむ。真意を探るようにしばらく見つめていたが、やがて静かに口を開いた。

「本当にわたしでいいの？」

聞かれた瞬間、友也は慌てて何度もうなずいた。

「ど、どうしても、係長がいいんです」

もう一度、胸に秘めていた想いをはっきり口にする。入社以来、ずっと憧れてきたのだ。この千載一遇のチャンスを逃したくない。

しかし、貴子はどうして自分などを誘ってくれたのだろうか。

こういうときに限って、彼女の声は聞こえない。よくわからないが、とにかく思いを遂げたかった。

5

「わたしが教えてあげる」

貴子は両手を友也の頬にあてがうと、顔をすっと寄せる。そして、今度は彼女のほうからキスをしてくれた。

(また、貴子さんと……)

柔らかい唇が重なり、たったそれだけで友也は陶然となる。

二度目なのに、先ほど以上にうっとりしてしまう。これから貴子とセックスできると思うと、興奮はどこまでも高まっていく。

さらに貴子の舌が唇の表面を這いまわり、とろみのある唾液を塗りつける。友也は逡巡しながらも震える舌を伸ばす。すると、すかさずからめとられて、やさしく吸いあげられた。

(うっ……)

その直後、頭のなかで閃光が走った。

こんな感覚は経験したことがない。頭の芯がジーンと痺れて、瞬く間に思考が霞んでいく。

(おおっ、こ、これが……)

はじめてのディープキスだ。

全身が燃えあがったように熱くなる。舌がヌルヌルとからみつく感触がたまらない。粘膜同士が擦れ合い、蕩けるような快楽を生み出している。キスがこれほど気持ちいいとは知らなかった。

「はンンっ」

貴子の漏らすため息まじりの声が色っぽい。頬にやさしく触れている手のひらの感触も、友也の興奮を煽り立てた。

(まだ、キスだけなのに……)

異常なほど興奮している。

すでにペニスは芯を通してそそり勃ち、スラックスの前が大きなテントを張っていた。早くもボクサーブリーフの裏側は我慢汁まみれになっている。腰を少し動かすだけで、ぬるりと滑るのがわかった。

「服、脱ごうか」

貴子は唇を離すと、恥ずかしげに視線をそらす。

そして、ブラウスのボタンをはずしていく。前がはらりと開き、白いブラジャーが露になった。

たっぷりした双つのふくらみを、レースが施されたカップが包んでいる。染みひとつない肌が魅惑的な谷間を形作っており、呼吸に合わせてわずかに上下していた。

貴子はブラウスを脱ぐと立ちあがる。タイトスカートをゆっくりおろすと、ナチュラルベージュのストッキングに包まれた下肢が露出する。ストッキングをじりじりさげれば、股間を覆っているパンティが剝き出しになった。

(す、すごい……)

友也は思わず生唾を飲みこんだ。

憧れの女性である貴子が、目の前で下着姿になっている。ストッキングをつま先から抜き取ったことで、女体にまとっているのはブラジャーとパンティだけになった。

腰がくびれて悩ましい曲線を描いている。パンティが貼りついた恥丘がふっくら盛りあがっているのも色っぽい。彼女のすべてを確認したくて、瞬きするのも忘れて凝視した。

「わたしだけなんて……平沢くんも……」

貴子が頬を桜色に染めてつぶやく。

友也は慌ててジャケットを脱ぎ、ネクタイを緩めて、ワイシャツのボタンをはずしていく。さらにスラックスを足から抜き取り、靴下も脱ぎ捨てた。

グレーのボクサーブリーフ一枚になると、羞恥がこみあげる。布地がピンッと張りつめているだけではなく、先端部分に黒い染みがひろがっているのだ。それは我慢汁の染みに他ならなかった。

「もう、こんなに……」

貴子がささやき、身体をすっと寄せる。そして、友也の股間のふくらみに、手のひらをそっと重ねた。

「うっ……」

軽く触れられただけなのに、快感が電流となって走り抜ける。彼女の手のひらが重なった瞬間、新たな我慢汁がどっと溢れた。

「ピクピクしてる。脱がしてもいい？」

貴子は尋ねてくると、友也の返事を待たずにボクサーブリーフをおろしはじめる。ウエスト部分に指をかけて引きさげれば、やがて硬く勃起したペニスが鎌首を振ってブルンッと飛び出した。

「あっ……すごい」

驚いたように貴子がつぶやく。

亀頭は破裂しそうなほど張りつめて、艶々している。竿も野太く成長しており、青スジが稲妻のように浮かんでいた。

(み、見られてる……)

激烈な羞恥がこみあげる。

勃起したペニスを貴子に見られているのだ。恥ずかしくてたまらないが、視線を感じるほどに肉棒は反り返る。我慢汁がさらに溢れて、亀頭はぐっしょり濡れていた。

「キスしただけで、こんなになったの?」

貴子が濡れた瞳で見つめている。視線が重なるだけで、胸がせつなく締めつけられた。

「こ、興奮して……す、すみません」

恥ずかしさで顔が熱く燃えあがる。視線をそらすと、貴子が再び両手で頬を挟みこんだ。

「謝らなくていいのよ」

目をまっすぐ見つめて語りかけてくる。

「わたしで大きくしてくれたのよね……うれしい」

自分の言葉に照れたのか、貴子は耳までまっ赤にする。それでも、視線をそらすことなく見つめていた。

「は、恥ずかしくて……」

「最初は誰でもそうよ。わたしも、恥ずかしいもの」

貴子はそう言って、両手を背中にまわしてブラジャーのホックをはずす。とたんにカップが弾け飛び、双つの乳房がプルルンッとまろび出た。

（おおっ……）

思わず両目を見開き、腹のなかで唸る。

幼き日の母親を除けば、これがはじめて目にする女性の乳房だ。白いふくらみは、張りがあるのに柔らかそうに揺れている。艶めかしい曲線の頂点に鎮座する乳首は淡いピンク色だ。

乳首がぷっくりふくらんで見えるのは気のせいだろうか。もしかしたら、貴子もキスをしたことで興奮したのではないか。そう考えるだけで、友也はますます昂った。

「あんまり、見ないで……」

貴子は小声でつぶやき、パンティのウエスト部分に指をかける。そして、前屈みになって、じりじりとおろしてく。

漆黒の陰毛がふわっと溢れ出し、肉厚の恥丘も露になる。パンティをつま先から抜き取ると、内腿をぴったり寄せて顔をうつむかせる。自ら裸になっておきながら恥じらう姿に、ますます惹きつけられた。

「き……きれいです」

なにか言わなければと思って口走る。

美しいと感じたのは事実だが、実際はそれ以上に興奮していた。とはいえ、欲望を前面に押し出すのは気が引ける。身体だけが目的と思われたくない。興奮しながらも、欲望を懸命に抑えこもうとする。

(で、でも……)

貴子の大切な部分を見てみたい。抑えきれない欲望がふくれあがり、全身にひろがっていく。

「み、見たいです」

陰毛が生い茂る恥丘を見つめて、思わず口走ってしまう。すると、貴子は内腿にキュッと力をこめた。

「ちょっとだけなら……」

困ったように眉を八の字に歪めるが、やがて内腿から力を抜いてくれる。そして、脚を少し開くと股間を前方に突き出した。

友也は慌ててしゃがみこみ、貴子の股間をのぞきこむ。陰になっているが、それでも白い内腿のつけ根にサーモンピンクの陰唇が見えた。

（こ、これが、本物の……）

インターネットでは何度も見たことがあるが、ナマはこれがはじめてだ。思わず鼻息を荒らげながら凝視する。陰毛の黒さと肌の白さ、それに陰唇の生々しい色が牡の欲望をかき立てた。

柔らかそうな二枚の女陰は、しっとりと濡れ光っている。

もしかしたら、愛蜜を分泌しているのではないか。ということは、やはり貴子も興奮しているのかもしれない。とにかく、目に入るすべてのものが友也の性欲を刺激した。

（あ、あの係長が……）

友也の心は激しく乱れている。

貴子といえば、スーツを着ている姿しか知らない。堅いイメージなのに、今は全裸で股間を突き出して、自ら女性器をさらしているのだ。あまりのギャップに頭がついていかなかった。

「も、もうダメよ……平沢くん、こっちに……」

貴子は羞恥をごまかすようにつぶやき、脚を閉じてしまう。そして、友也をベッドに誘導すると、仰向けに寝かせた。

「こんなことするの、はじめてなの……」

今さらのようにつぶやき、貴子は添い寝をするように身を寄せる。なにをするのかと思えば、屹立したペニスに指を巻きつけた。

「ううっ……」

いきなり快感がひろがり、体がピクッと反応する。先走り液が溢れ出して、腰に小刻みな震えが走った。

「ああっ、すごく硬いわ」

「ま、待って……ダ、ダメです」

慌てて訴える。少しでも動かされたら射精してしまう。貴子に触られていると思うだけで、それほどまでの快感が押し寄せていた。

「気持ちいいのね……平沢くん、かわいいわ」

貴子は目を細めてつぶやくと、ペニスから指をすっと放す。

快感の波が小さくなり、なんとか暴発は免れた。しかし、まだ我慢汁が大量に溢れつづけている。この状態で触られたら、すぐに追いつめられるのは目に見えていた。

時間を稼いで、昂った気持ちを鎮めたい。それに女体に触れてみたいという欲望もふくれあがっていた。

「お、俺も……触っていいですか」

思いきって語りかける。

仕事のときの厳しい姿を知っているだけに、怒られるのではないかとドキドキする。だが、意外にも貴子は微笑を浮かべてうなずいた。

「はじめてだもの、触りたいわよね」

やさしい言葉にほっとする。

案外、プライベートの貴子は押しに弱いのかもしれない。それとも、彼女も触られたいと思っていたのだろうか。いずれにせよ、女体に触れる絶好の機会を逃したくなかった。

仰向けの状態から、彼女のほうに体を向ける。貴子は右側に横たわっているので、友也は左手を伸ばしたほうが触りやすい。利き腕ではないが、そんなことには構っていられなかった。

「し、失礼します」

まずは乳房に手のひらを重ねて、指を軽く曲げてみる。

すると、いとも簡単に指先が柔肉に沈みこんでいく。指を押し返す適度な弾力があるのに、蕩けそうなほど柔らかい。不思議な感触に魅了されて、大きくゆったりと揉みあげた。

(貴子さんのおっぱいに触ってるんだ……)

まさかこんな日が来るとは思いもしない。貴子の乳房に触れていると思うだけで全身の血液が沸騰するような興奮がこみあげた。

「ンっ……」

貴子がわずかに身をよじる。

つい手に力が入って、乳房を強く揉んでしまったらしい。友也は我に返り、慌てて手を放した。

「す、すみません」

「女の身体は繊細なの。できるだけやさしくね」

貴子の言葉に救われる。すべてがはじめての友也にレクチャーすると、あとは身を任せるように睫毛を伏せた。

（や、やさしく……やさしくだぞ）

友也は心のなかで自分に言い聞かせる。

女性経験はないが、それでも貴子に気持ちよくなってもらいたい。テクニックはなくても、誠心誠意の愛撫は伝わると信じたかった。

再び乳房に手のひらを重ねると、今度は慎重に指を曲げていく。蕩けそうな感触が心地よくて、目眩がするほど興奮する。それでも力を入れすぎないように細心の注意を払い、ゆったりと揉みあげた。

「こ、こうですか？」

「そう。上手よ」

貴子がぽつりとつぶやく。

その言葉に背中を押されて、友也は慎重に愛撫をつづける。双つの乳房を交互に揉んで、さらには先端で揺れる乳首をそっと摘まんだ。

「あンっ……」

貴子の唇から小さな声が溢れ出す。それが恥ずかしかったのか、彼女は自分の口を手でふさいだ。

（もしかして、感じたのか？）

興奮が煽られて、人さし指と親指で乳首を転がしてみる。まだ柔らかい突起は指の間でクニクニと形を変えた。

「はあンっ」

貴子は甘い声を漏らして、せつなげな瞳を友也に向ける。徐々に息づかいが荒くなり、くびれた腰をくねらせた。

（お、俺の指で、貴子さんが……）

憧れの女性が自分の愛撫で感じている。そう思うことで、ますます興奮がふくれあがった。

乳首をそっと転がしつづければ、やがて充血してグミのように硬くなる。乳輪までドーム状にふくらみ、ピンク色が濃くなった。感度があがったのか、腰のくねりが大きくなる。

「はぁっ、こんなにやさしくされたの久しぶり……」

定価792円
税10%

補充注文カード(文庫)

書店・取次店

注文数

冊

は 1-17

書名	発行
二見文庫 僕の上司は人妻係長	二見書房
	著者
	葉月 奏太

9784576220635

ISBN978-4-576-22063-5
C0193 ¥720E

定価792円
(本体720円+税10%)

売上カード

二見文庫

※お急ぎのご注文はTEL 03-3515-2311
FAX 03-5212-2301

葉月奏太 著

僕の上司は人妻係長

貴子がため息まじりにつぶやいた。

その言葉に違和感を覚えるが、興奮のあまり深く考えられない。ただひたすらに乳房を揉み、硬くなった乳首をクニクニとやさしく刺激する。女体が悶えるほどに、牡の欲望が昂っていく。

（し、下のほうも……）

ここまで来たら女性器にも触れてみたい。

友也は乳房から手を放すと、今度は彼女の下腹部へと滑らせる。黒々とした陰毛がそよぐ恥丘に左の手のひらを重ねて、人さし指、中指、薬指の三本を内腿の隙間にねじこんだ。

「そこも触りたいの？」

貴子はどこまでもやさしい。

指先に陰唇が触れたことで、友也の興奮は一気に跳ねあがる。二枚の花弁は想像していた以上に柔らかい。しかも、ただ柔らかいだけではなく、たっぷりの華蜜で濡れていた。

「ンっ……やさしく触って」

貴子にそう言われて、はっとする。

女性の身体のなかでも、陰唇はとくに繊細だと聞いたことがある。インターネットか雑誌で得た知識だが、粘膜が傷つきやすいらしい。それを思い出して、友也は慌てて指先から力を抜いた。

(そ、そっと……そっとだぞ)

自分に言い聞かせながら、指先で女陰を撫であげる。触れるか触れないかの微妙なタッチを心がけた。

「あっ……ンンっ」

貴子の唇から微かな声が溢れ出す。

そのまま陰唇を撫でつづけると、指先に感じる湿り気が強くなる。新たな華蜜が溢れているらしい。指先を割れ目にあてがうと、お漏らしをしたようにぐっしょり濡れていた。

(す、すごい、こんなに……)

自分の拙《つたな》い愛撫で、これほどまでに女体が反応している。貴子が感じている証拠だと思うと、驚きとともに悦びがこみあげた。

(どうせなら……)

もっと感じさせたい。そして、貴子が乱れる姿を見てみたい。

まさか、こんなことになるとは思いもしなかった。予想外の展開に驚きを隠せないまま、三本の指を女陰にぴったり押し当てた。

(ここを刺激すれば……)

繊細な場所なので緊張する。

女陰にあてがった左手の指に神経を集中させると、軽く上下に滑らせた。わずかな動きだが、柔らかい二枚の花弁がヌルヌルと蠢くのがわかる。とにかく、痛みを与えないように慎重に動かした。

「あっ、ま、待って……」

貴子が困惑の声をあげる。慌てて友也を見やるが、すぐに瞳から力が抜けてトロンと潤んだ。

(こ、これでいいのか?)

友也は貴子の反応を見ながら、細心の注意を払って指を動かしつづける。なにしろ女陰は柔らかい。力を入れすぎると痛いのではないかと心配になり、超スローペースで撫であげる。

「そ、そんな触りかたされたら……」

貴子がかすれた声でつぶやき、腰をもじもじとよじった。

（ち、違うのかな？）

女性経験のない友也は、自分の愛撫が正しいのかどうか自信がない。不安になって股間から手を抜こうとする。ところが、貴子が内腿を強く閉じたことで手が挟まれた。

「か、係長？」

「はンンっ……」

貴子の瞳はますます潤んでいる。首すじまで赤く染まり、くびれた腰をくねらせた。

（い、いいのか？）

友也は迷いながらも再び指を動かしはじめる。慎重にゆっくり、割れ目にあてがった指をスライドさせた。

「あンンっ……や、やめて」

すぐに貴子が声をあげる。腰に小刻みな痙攣が走り、下腹部を艶めかしく波打たせていた。

「す、すみません、でも、指が……」

指を引き抜こうとするが、貴子は刺激に反応して内腿を強く閉じている。結果として、さらに女陰を撫であげることになってしまう。

「ま、待って、ああンっ」

貴子が甘い声をあげて腰をよじる。

指の動きに反応しているのは明らかだ。友也が引き抜こうとする動きが、さらに刺激を与えていた。

（や、やばい……嫌われちゃう……）

焦りばかりが大きくなっていく。

内腿に挟まれて指が抜けない。せめて刺激を弱めようと、内腿に挟まれた指を女陰から離そうとする。だが、完全には離れず、指の表面で軽く撫でるような感じになってしまう。

「そ、そんなにやさしく……ああっ」

貴子の声がどんどん艶を帯びていく。

腰の震えが大きくなり、愛蜜の量も増えている。指先が触れている女陰が蠢いているように感じるのは気のせいだろうか。

（ど、どうすれば……）

友也は必死に手を引き抜こうとする。しかし、貴子は内腿の力を緩めようとしなかった。

「はンンっ、ダ、ダメぇっ」

口ではそう言いながら、両手を伸ばして友也の手首を握りしめる。股間から引き剝がすわけではなく、ただ強くつかんでいるだけだ。それどころか、自ら股間に押しつけていた。

「ああッ、そ、そこ……はあッ」

「こ、これでいいんですか?」

わけがわからないが、貴子は感じているらしい。それならばと、内腿に挟まれた指で女陰をそっと撫であげた。

「そ、そんなにやさしくされたら……ああッ」

「か、係長……す、すごく濡れてます」

「ああッ、言わないで……あああッ」

貴子の唇からあからさまな喘ぎ声が溢れ出す。つかんだ手首を放さず、内腿にも力が入ったままだ。

(本当にこれでいいのか?)

友也はこの期に及んでためらっていた。

自分の愛撫が正しいのかわからない。貴子の気持ちを知りたいが、今はただ喘ぐばかりになっている。先ほどまで頭のなかで聞こえていた貴子の声は、もうなにも聞こえない。やはり友也の勘違いだったのだろうか。

そんなことを考えているうちに、指先を濡らす愛蜜の量が倍増する。それと同時に、クチュッ、ニチュッという湿った音が響きわたった。

「はあぁッ、も、もうダメっ」

貴子の喘ぎ声が切羽つまってくる。友也の左手を股間に挟んだまま、腰を右に左によじらせた。

「あぁッ、も、もうっ、あぁあああああッ！」

いっそう大きな声を響かせて、女体がブリッジしそうな勢いで反り返る。その状態で硬直したかと思うと、一拍置いてガクガクと痙攣した。

（ま、まさか、イッたのか？）

インターネットやAVでしか見たことはないが、おそらく間違いない。信じられないことに、友也の愛撫で貴子が絶頂に昇りつめたのだ。

女体から力が抜けて、内腿で挟まれていた手がすっと抜ける。

友也は思わず自分の手に視線を向けた。貴子の女性器に密着していた三本の指は、愛蜜でぐっしょり濡れている。薬指には拾った指輪がはまっており、淫汁を浴びてヌラヌラと光っていた。

（お、俺の手で、貴子さんが……）

信じられないことが起こった。

自分の拙い愛撫で、貴子を絶頂に導いたのだ。慎重に触れたことが、奇跡的に絶妙な刺激になっていたらしい。貴子を気遣う気持ちが、たまたまフェザータッチの愛撫になっていた。

6

「本当にはじめてなの？」

しばらく呆けていた貴子がようやく口を開いた。

隣で横たわったまま、疑いのまなざしを友也に向けている。まさか前戯で絶頂に追いあげられるとは思いもしなかったのだろう。彼女が疑念を抱くのも当然のことだった。

「ウ、ウソじゃないです、ほ、本当に童貞なんです」

友也は慌てて訴える。

最初は童貞なのを告白するのが恥ずかしかった。しかし、今は必死になって主張している。我ながら滑稽だが、嘘をついたと思われたくない。貴子が初体験の相手になってくれるチャンスを逃したくなかった。

「俺、どうしても係長とはじめてを経験したいんです」

気持ちが昂り、目に涙がにじんでしまう。

格好悪いと思ったが、それでも懸命に語りかける。上半身を起こして正座をすると、頭をさげて額をシーツに擦りつけた。

「お願いします。どうか、俺のはじめての人になってくださいっ」

ホテルの一室に友也の声が響きわたり、それきり静かになってしまう。

息苦しいほどの沈黙が流れている。貴子はなにも言ってくれない。このまま突き放されてしまうのだろうか。

「そこまで言うなら、わかったわ」

貴子がやさしく声をかけてくれる。顔をあげると、口もとに微笑を浮かべて見つめていた。

「横になって……わたしが上になってあげる」

そう言われて、友也は急いで仰向けになる。すると、貴子が身体を起こして、股間にまたがった。

両膝をシーツにつけた騎乗位の体勢だ。膝立ちになり、いきり勃ったペニスの真上に彼女の股間が迫っている。つい先ほどまで友也が触れていた女性器が、亀頭からわずか数センチ先にあるのだ。

（い、今から、貴子さんと……）

考えただけで興奮がふくれあがる。

やがて貴子がほっそりした指でペニスをつかみ、位置を調整しながら尻をゆっくり落としこむ。亀頭の先端が陰唇に触れて、クチュッという音とともに柔らかい感触が伝わった。

「はンっ……」

貴子がため息にも似た声を漏らす。

さらに尻を下降させると、亀頭が二枚の陰唇を押し開きながら、女壺のなかに埋まっていく。とたんに熱い膣粘膜が覆いかぶさり、蕩けるような快楽が押し寄せた。

「ううっ」

慌てて全身の筋肉に力をこめる。そうしなければ、一瞬で精液を噴きあげてしまいそうだ。

「あぁンっ……大きい」

貴子が独りごとのようにつぶやき、さらに尻を落としこむ。男根がズブズブと膣にはまり、やがて根元まですべて収まった。

「くううッ……き、気持ちいいっ」

たまらず唸り、両脚をつま先までピーンッとつっぱらせる。ペニス全体が膣粘膜に包まれて、いきなり射精欲がふくれあがった。

(お、俺、ついに……)

腹の底から悦びがこみあげる。

二十三歳にして童貞を卒業した。しかも、憧れの女性である貴子に筆おろしをしてもらったのだ。

(ついにセックスできたんだ……やった、やったぞ!)

思わず心のなかで雄叫びをあげる。

感激で胸がいっぱいになるが、気を抜くことはできない。ペニスの表面を這いまわる膣襞が、常に新しい快楽を送りこんでいる。尻の筋肉を締めることで、なんとか射精欲を抑えこんだ。

「あぁっ……全部、入ったわ」

貴子は両手を友也の腹に置き、濡れた瞳で見おろした。

視線が重なることで、ペニスがますます敏感になってしまう。今まさに貴子とつながっているのだ。それを実感すると、またしても射精欲がふくれあがり、女壺のなかのペニスがむずむずした。

「う、うれしいです……た、貴子さんと……」

感動と興奮のあまり、つい「貴子さん」と呼んでしまう。いつも心のなかで呼んでいる癖が出てしまった。

貴子は一瞬、驚いた顔をするが、気を悪くした様子はない。それどころか、恥ずかしげな微笑を浮かべた。

「ず、ずっと、夢だったんです……」

目尻に感激の涙がにじむが、拭っている余裕はない。両手でシーツをつかみ、押し寄せる快感の波を耐え忍んだ。

「貴子さんとひとつになれたなんて……俺、もう死んでもいいです」

「おおげさね……でも、うれしい」

貴子はぽつりとつぶやき、照れ笑いを浮かべて視線をそらす。そして、羞恥をごまかすように、腰をゆったり振りはじめた。

互いの陰毛がシャリシャリ擦れる前後動だ。勃起したペニスを根元まで呑みこんだ状態で、股間をねちっこくしゃくりあげる。ストロークは小さいが、密着感はそのままに快感が高まっていく。

「ううッ、す、すごい……」

「はンンっ……平沢くんの大きいわ」

「くううッ、き、気持ちいいっ」

情けないほど声が震えてしまう。

自分の手でしごくのとは比べものにならない快感が、次から次へと押し寄せてくる。全身の筋肉を硬直させるが、とてもではないが耐えられない。あっという間に限界が迫ってきた。

「そ、それ以上は……うむッ」

懸命に訴えると、貴子が腰の動きを遅くする。それでも、ねちねちと動かすことで、とぎれることなく快感が湧きあがっていた。

「ダ、ダメです……う、動いたら……」

「本当にはじめてなのね」

貴子のつぶやく声は、どこかうれしそうだ。濡れた瞳で友也の顔を見おろすと、再び腰をゆったり振りはじめた。

「ううッ、ま、待ってください」

「我慢しなくていいのよ。はじめてなんだもの」

そう言われても、あっという間に射精するのは格好悪い。

友也は懸命に耐えるが、貴子はやさしくささやきながら女壺でペニスを締めつける。その状態で、ヌルリッ、ヌルリッと擦られて、もう我慢汁がとまらなくなってしまう。

「くううッ、で、出ちゃいますっ」

泣き顔になって訴える。だが、貴子は腰の動きを緩めない。それどころか、股間をリズミカルにしゃくりはじめた。

「ああンっ……もっと気持ちよくなって」

貴子が腰を振るたび、乳房がタプタプ揺れる。視覚からも欲望を煽られて、いよいよ我慢できなくなってきた。

「き、気持ちいいっ、うううッ」

「出してっ、あああッ、いっぱい出してっ」

喘ぎまじりの貴子の声が引き金となり、こらえにこらえてきた射精欲が爆発する。友也は無意識のうちに股間を突きあげて、ペニスを女壺の深い場所まで埋めこんだ。

「あああぁッ」

「くおおッ、で、出るっ、出ちゃううっ、ううううううッ!」

呻《うめ》き声をまき散らしながら、ついに欲望を解き放つ。膣粘膜に包まれたペニスが激しく脈動して、大量のザーメンが勢いよく噴きあがった。

これまで経験したことのない快楽が脳天まで駆け抜けて、全身が凍えたようにガクガク震える。頭のなかがまっ白になり、もうなにも考えられない。ただ快楽にまみれて、睾丸のなかが空になるほどに精液を放出した。

「はああぁッ……あ、熱いっ」

貴子も甘い声を振りまき、下腹部を艶めかしく波打たせる。

沸騰した精液を注ぎこまれて、多少なりとも感じたのかもしれない。目の下が赤く染まり、腰をネチネチと振りつづける。無数の膣襞も、まるでペニスを貪るように蠢いていた。

「いっぱい、出たね」

貴子が微笑を浮かべて見おろしている。

おそらく、彼女は絶頂に達していないだろう。それでも、やさしく語りかけてくれる。こんなにも素敵な女性に筆おろしをしてもらったのだ。そう思うと、あらためて感動が胸にひろがった。

（俺……本当に……）

友也は股間にまたがる貴子をぼんやり見あげている。

絶頂の余韻が全身に色濃く漂っている。憧れていた貴子とはじめてのセックスをしたのは間違いない。これほどの幸せがあっていいのだろうか。夢なら覚めないでくれと本気で願った。

第二章　口止めは身体で

1

　翌朝、友也はいつもより早めに出社した。

　緊張しながらタイムカードを打刻して、係長席をチラリと確認する。まだ室内にいるのは数人だが、貴子はすでに出社しており、パソコンのモニターを見つめていた。

「お、おはようございます」

　挨拶する声が、どうしても小さくなってしまう。

　貴子は聞こえなかったのか、それとも聞こえないふりをしたのか、こちらを見ようとしなかった。

（なんか、気まずいな……）

友也はそそくさと自分のデスクに向かって席についた。

いつものように仕事のメールをチェックするが、やはり脳裏に浮かぶのは昨夜のことだ。

すべてが終わったあと、交替でシャワーを浴びた。

友也は浮かれた気持ちでバスルームから戻った。ところが、先に出た貴子の姿はすでになかった。

支払いをすませて、黙って帰ってしまったのだ。

シャワーを浴びたことで我に返り、部下と身体の関係を持ったことを後悔したのではないか。それとも、夫を裏切った罪悪感に耐えられなくなったのか。いずれにせよ、友也と本気でつき合う気はないのだろう。

（当たり前だよな。貴子さんは結婚してるんだから……）

最初からわかっていたことだ。

駄目な部下を元気づけようとして飲みに誘った。そして、酒の勢いでホテルに行ったのだろう。

友也もホテルを出ると、タクシーを拾って帰宅した。

アパートに着いたときには、幸せな気分はすっかり薄れていた。明日からどんな顔で貴子に会えばいいのか、そればかりが気になった。横になってもなかなか眠れず、窓の外が白みはじめるまで起きていた。

ようやく睡魔が襲ってきたが、今度は寝過ごしそうで不安になった。結局、数時間うとうとしただけで、いつもより早めに出社した。

(そういえば……)

昨夜、不思議な声を何度か耳にしたことを思い出す。

――夫は構ってくれないし……平沢くん、誘ってくれないかな。

おそらく、あの言葉も貴子が口にしたものではない。

きっと幻聴か妄想だ。自分が聞きたいと思っている言葉を、頭のなかで勝手に作り出したのだろう。

(それなのに、俺……)

酒に酔った勢いで貴子を誘った。

無理だと思っていたが、当たって砕けろの気持ちだった。貴子は決して軽いタイプではない。むしろ厳しくて堅いイメージだ。昨夜は友也がよほど落ちこんでいると思ったのではないか。ここで断ればさらに落ちこむと思って、仕方なくホテルに誘ってくれたのだろう。

（でも、もし、あの声が貴子さんの本心だったら……）

あり得ないと思いつつ、ふと考えてしまう。

貴子が小声でつぶやいたのが聞こえたのだとしたら。もしくは、なぜか貴子の心の声が聞こえたのだとしたら。

（本当に誘われたいと思って……いやいや、まさか）

慌てて自分の考えを否定する。

なにしろ、貴子は既婚者だ。部下に誘われたいと思うはずがない。しかも、失敗ばかりの駄目なやつに好意を抱くことはないだろう。

（だけど、どうして昨日はあんな声が聞こえたんだ？）

新たな疑問が湧きあがる。

貴子のことをぼんやり考えるのは、いつものことだ。やさしい言葉をかけてもらう妄想をしたこともある。だが、昨日の声はやけにリアルだった。それも一度や二度ではない。なにか釈然としなかった。

「平沢くん、ちょっと」

貴子に声をかけられてドキリとする。

「は、はいっ」

友也は急いで席を立ち、係長のデスクに向かう。期待と不安を胸に、なにを言われるのかと緊張しながら言葉を待った。

「今日、外まわりのとき、三島さんを連れていってもらえるかしら」

貴子は切れ長の瞳で見あげると、淡々とした声で命じる。

新入社員の杏奈は研修をしている段階だ。先輩社員といっしょに外まわりをして、営業の基本を学んでいる。そして今日は、友也が教育係に任命されたというわけだ。

(俺なんかで大丈夫なのかな……)

即座にそう思ったが口には出さない。

自信を持ったほうがいいと言われたのは昨日のことだ。貴子の言葉が脳裏に浮かび、喉もとまで出かかった言葉を呑みこんだ。

「そういうことだから、お願いね」

貴子はそれだけ言うと、話は終わりとばかりに視線をモニターに戻した。

(もっと、なにか言ってください)

心のなかでつぶやくが、その声は貴子に届かない。

呆然と立ちつくし、胸にむなしさがひろがっていく。一度だけとはいえ、身体を重ねた関係だ。それなのに、貴子は明らかにガードを固めて、にこりともしなかった。

(そんな……)

突き放された気分になってしまう。

昨夜のことなど、なにもなかったかのような態度だ。むしろ以前よりも距離が感じられた。筆おろしをしてもらった記憶が鮮明なだけに、冷たくされるとショックはなおさら大きくなる。

すべてを忘れたいのかもしれない。既婚者の貴子は浮気をしたことになるのだから、当然といえば当然だ。

(仕方ないよな……)

肩を落として自分の席に戻る。

本気で想っている友也にとってはつらい現実だ。最初からわかっていたことだが、貴子とは結ばれない運命だ。そんな当たり前のことを再確認して、思わずため息が溢れ出す。

「おはようございます」

ふいに声をかけられて顔をあげる。すると、向かいの席にいつのまにか杏奈が座っていた。

「あっ……おはよう」

慌てて取り繕い、無理に笑みを浮かべて挨拶を返す。ところが、杏奈は不思議そうに見つめてくる。

「なにかあったんですか？」

「いや、別に……」

友也は懸命に平静を装った。

ちやほやされている後輩の杏奈に、落ちこんでいることを悟られたくない。それに貴子とセックスしたことは絶対に秘密だ。自分はともかく、貴子に迷惑をかけるわけにはいかなかった。

「でも、ため息を漏らしてましたよ。係長になにか言われたんですか？」

杏奈はしつこく尋ねてくる。

興味本位といった感じの聞き方だ。また貴子に怒られたと思っているのかもしれない。だが、慰める雰囲気はいっさいなかった。

「三島さんの研修のことだよ。今日は俺といっしょに得意先をまわるから」

「えっ、平沢さんとですか？」

　杏奈が目を見開いて聞き返す。なにをそんなに驚いているのだろうか。

「そうだけど、なんで？」

「ずっとベテランの方たちについていたから……」

　言葉を濁したが、係長の指示が意外だったようだ。要するに、友也では勉強にならないと思ったのではないか。

　杏奈の考えていることはわかったが、腹は立たなかった。友也も貴子の指示を不思議に思っていた。営業成績の悪い自分から、いったいなにを学ばせるつもりなのだろうか。

（もしかしたら、反面教師とか……）

　それならわかる気がする。

　ベテランと友也の仕事ぶりを比べれば、きっと一目瞭然だろう。杏奈にとってはプラスになるかもしれない。

（貴子さん、そういうことですか？）

　係長席をチラリと見やり、心のなかで問いかける。

だが、貴子がこちらを向くことはない。友也の視線に気づかず、モニターを見つめてキーボードを打っていた。

2

「そろそろ昼休憩にしようか」

駐車場に停めていた営業車に戻ると、友也は助手席の杏奈に声をかけた。

午前中は担当している小売店を三軒まわり、それぞれの担当者と会ってきたところだ。

スーパーの場合、パートの女性が冷凍食品の担当をしていることが多い。すでに何度も会っているため、口下手な友也でも打ち解けている。在庫の確認をして注文を取ると、あとはほとんど雑談だ。

タイミングを見て新製品の売りこみをしようと思うが、これがなかなかうまくいかない。大抵が世間話につき合うだけで帰ることになる。そんなことを毎日くり返していた。

「なにか食べたいものはある？」

気を遣って尋ねるが、杏奈は首をかしげるだけで答えない。お腹が空いていないのだろうか。

「俺はラーメンとか牛丼が多いんだけど」

「なんでもいいです」

杏奈は窓の外に視線を向けたまま返事をする。会社ではにこにこしているが、今は別人のように無愛想だ。

(なんか、やりにくいな……)

仕方ないので黙って車を走らせる。

悩んだすえ、ファミリーレストランに入った。ここなら杏奈でも、なにか食べたいものがあるだろう。

ボックス席に案内されて、向かい合わせに座る。友也はさっそくメニューをひろげると、テーブルに置いた。

「俺はハンバーグランチにしようかな」

「わたしはミックスサンドにします」

杏奈は意外にもあっさり決める。ファミレスにして正解だった。ウエイトレスを呼んで注文すると、杏奈がなにか言いたげに見つめてきた。

「どうしたの？」

「平沢さんって、いつもあんな感じなんですか」

「なんのこと？」

意味がわからず首をかしげる。すると、彼女はもどかしげに身をよじった。

「お店をまわったときのことですよ。仕事の話なんて、ほとんどしてなかったじゃないですか」

「ああ、だいたいあんな感じだよ」

確かに雑談ばかりだったがいつものことだ。

「だから営業成績が悪いんだ。真似しちゃダメだよ」

友也は自嘲的な笑みを漏らした。ところが、杏奈は不思議そうに首をかしげている。

「でも、係長は平沢さんの営業トークをよく見て勉強しなさいって、言ってましたよ」

「それは反面教師って意味だと思うけど」

自分などが参考になるわけがない。友也は即答するが、杏奈はまだ納得がいかない様子だ。

「そうでしょうか。係長の言い方、そんな感じじゃなかったけどなぁ……」

独りごとのようにつぶやき黙りこむ。それきり、杏奈はその話題には触れようとしなかった。

（でも、貴子さんはどうして……）

自分が教育係に選ばれた理由がわからない。そのとき、ふと貴子の言葉を思い出す。

――平沢くん、取引先での評判は悪くないわよ。人当たりがいいっていう声はよく聞くわ。

昨夜、居酒屋で確かそう言っていた。

（あれは俺の妄想じゃないよな）

脳裏に貴子の顔を思い浮かべる。

落ちこんでいた友也を元気づけるためだったとしても、貴子に褒められたのは事実だ。しかも、初体験の相手までしてくれた。二十三年の人生のなかで、最高に幸せな時間だった。

やがて料理が運ばれてくる。友也はハンバーグランチ、杏奈はミックスサンドを食べはじめた。

「平沢さん、ご結婚されてたんですか」

ふいに杏奈が話しかけてくる。

まったく想定していなかった質問だ。友也は思わず首をかしげて、彼女の顔を見つめ返した。

「だって、それ……」

杏奈がテーブルごしに手を伸ばす。そして、フォークを持っている友也の左手に触れた。指先がちょうど指輪に重なっている。どうやら、薬指にはまっている指輪が気になったらしい。

「これって、結婚指輪ですよね」

「いや、これは……ちょっと、いろいろ事情があって……結婚してるわけじゃないんだ」

友也は頬をこわばらせながらつぶやいた。

教会に落ちていた指輪を勝手にはめたら抜けなくなった。話せば簡単だが、そんなことを説明しても仕方がない。ごまかそうとすると、杏奈は興味を失ったように視線をそらした。

「まあ、この人の指輪なんて、どうでもいいけどね」

いつもの杏奈らしくない言い方に違和感を覚える。かわいい顔をしているだけに、なおさら言葉がきつく感じられた。

「じゃあ、なんで聞いたの？」

小馬鹿にされた気がして、なんだか腹立たしい。思わず彼女の顔をまじまじと見つめた。

「なんですか？」

杏奈は取り繕ったような笑みを浮かべる。だが、友也の雰囲気が変わったのを察したらしく、指輪に触れたままで固まった。

「どうでもいいなら、この指輪のこと、どうして聞いたの？」

「そんな……どうでもいいなんて思ってません」

「でも、今そう言ったよね」

抑えなければと思いつつ、ついつい詰問口調になってしまう。友也が問いつめると、彼女は怪訝そうに眉根を寄せた。

――なにも言ってないのに、どうしてわかったの？

杏奈が首をかしげて、独りごとのようにつぶやく。いや、唇はまったく動いていない。しかし、確かに杏奈の声が聞こえた。

（これって、また……）

妄想か、それとも幻聴か。とにかく、杏奈はなにもしゃべっていないのに、なぜか彼女の声が頭のなかで響いた。

——どうでもいいよ。わたしは今夜の合コンのほうが大事なんだから。

またしても杏奈の声だ。

——いい男いるかな。ああ、早く夜にならないかなぁ。

やはり唇は動いていない。

しかし、杏奈が合コンに参加するイメージはなかった。自分のイメージにないものを妄想するとは思えない。では、この声はどういうことだろうか。胸がもやもやするので、そろそろ解決したかった。

「ところで話は変わるけど、今夜は合コンなの？」

試しに尋ねてみる。即座に否定されると思ったが、彼女の反応は予想とはまったく違っていた。

「えっ……」

杏奈は指輪から手を離すと、椅子の背もたれに寄りかかる。そして、鋭い目つきで友也をにらんだ。

「どうして知ってるんですか」

警戒するような口調になっている。これまで見たことのない険しい顔になっていた。

「もしかして、本当に合コンがあるの？」

まさかと思いながらくり返す。すると、杏奈は首を小さく左右に振って、深いため息を漏らした。

「白々しいですね。わたしのスマホを見たりしたんですか」

「そんなことしてないよ。それに、スマホならロックがかかってるだろ」

言いがかりにもほどがある。思わず言い返すと、杏奈は納得したのかむっつり黙りこんだ。

どうやら、本当に合コンがあるらしい。

事実ということは、やはり先ほど聞こえた声は友也の妄想ではない。単なる幻聴で、知り得ぬ事実がわかるのも不自然だ。

もしかしたら、杏奈が考えたことが、なんらかの理由で友也の頭に流れこんできたのではないか。

（いやいや、まさか……）

思わず苦笑を漏らして、自分の考えを否定する。

超能力者じゃあるまいし、人の心を読めるはずがない。友也は霊感などとは無縁の平凡な男だ。では、頭のなかで響いた声はなんだったのだろうか。

「あの、平沢さん……」

杏奈があらたまった感じで口を開いた。

「どこで知ったのかわかりませんけど、合コンのことは会社で黙っていてもらえませんか」

先ほどまでとは口調も顔つきも変わっている。急にしおらしい感じになっており、友也はとまどってしまう。

「別に隠すことないと思うけど……」

「ダメですよ。会社では清純派で通しているんですから」

杏奈はふてくされた顔で答えると、小さなため息を漏らす。そして、友也の顔をまじまじと見つめた。

「どうして、そんなこと……」

「だって、初心《うぶ》な女のほうが、みんなから親切にしてもらえるじゃないですか」

開き直って杏奈が語る。

顔が愛らしいという理由だけで、かわいがられているわけではない。彼女なりに考えて、自分の居場所を確保していたのだ。意外にあざといが、世渡り上手とも言えるだろう。

友也は要領が悪いので、仕事だけで手いっぱいだ。彼女のように、周囲に気を配る余裕があれば、社内での立場は違っていたかもしれない。

「すごいね……」

思わずぽつりとつぶやいた。すると、とたんに杏奈が唇をとがらせる。

「嫌みですか」

「ち、違うよ。本当にすごいと思ったんだ。俺にはできないことだから」

決して嫌みで言ったわけではない。慌てて取り繕うと、彼女は微かに首をかしげた。

「平沢さんだって、係長に気に入られているじゃないですか」

「そんなはずないよ。俺はミスばっかりで、営業部のお荷物なんだから……」

つい愚痴っぽくなってしまう。

仕事が自分に合っていないと悩んでいる。貴子に迷惑をかけて、嫌われることを恐れていた。

「自分のこと、全然わかってないんですね」

杏奈が呆れたようにつぶやいた。

「えっ……どういうこと？」

「それより、誰にも言わないでくださいね」

質問には答えず、杏奈が念を押す。友也は気圧されるようにうなずくが、それでも彼女は探るような瞳を向けていた。

「なんか心配だなぁ。どうすれば黙っててくれますか？」

「絶対に言わないよ」

友也は力強く言いきった。

ところが、杏奈は納得しない。会社ではこれまでどおり、初心な女で通すつもりなのだろう。

「口約束だけじゃ安心できません。今夜、お時間ありますか？」

「う、うん、まあ……」

「じゃあ、仕事が終わったら、つき合ってください」

杏奈は勝手に決めてしまう。

なにやら立場が逆転している気もするが、彼女の強引さに逆らえず、友也は思わずうなずいた。

3

（どうして、こんなことに……）

友也は頬の筋肉をこわばらせて、心のなかでつぶやいた。

目の前にダブルベッドがあり、ショッキングピンクの光が降り注いでいる。そして、ベッドには杏奈が腰かけているのだ。

ジャケットを脱いで、白いブラウスに濃紺のタイトスカートという格好になっている。ブラウスの胸もとはこんもりと大きく、ブラジャーのラインがうっすら透けていた。

しかも、座っているためスカートがずりあがり、ナチュラルベージュのストッキングに包まれた太腿が大胆に露出している。むちっとしているのが気になり、ついつい視線が吸い寄せられてしまう。

（まさか、こんな場所に……）

ここはラブホテルの一室だ。

まさか、社内で人気が沸騰している新入社員の杏奈と、ラブホテルに来ることになるとは思いもしない。友也は緊張のあまり、ベッドの前で立ちつくしたまま動けなかった。

会社に戻って事務処理を終えると、定時を少しすぎて退社した。そして、杏奈と待ち合わせをしている喫茶店に向かった。いっしょに会社を出ればいいと思ったのだが、杏奈はみんなにバレないように細心の注意を払っていた。

そこで再び、友也は合コンのことは誰にも話さないと言った。しかし、杏奈は納得しなかった。そして、彼女に連れられるまま、会社から離れた場所にあるラブホテルにやってきたのだ。

「なにしてるんですか？」

杏奈が小首をかしげて見つめている。愛らしい顔には小悪魔的な笑みが浮かんでいた。

「や、やっぱり、こんなこと……」

この期に及んで、友也は踏ん切りがつかなかった。

杏奈はかわいいが、恋愛感情がないのにセックスするのは気が引ける。ましてや、彼女は口どめのために身体の関係を持とうとしているのだ。

「絶対、秘密にしてくださいね」

「べ、別にこんなことしなくても……」

友也の声を無視して、杏奈が手をつかんで引き寄せる。思わず一歩踏み出したことで、座っている彼女と距離が縮まった。

——このあと合コンなんだから、早くしてよ。

頭のなかで声が響いた。

「時間がないんだね」

つい普通に会話をしているように答えてしまう。すると、杏奈は怪訝そうな顔をした。

「確かにそうですけど……」

そこでいったん言葉を切って黙りこむ。そして、なにかを探るように友也の顔をまじまじと見つめた。

「なんか、不思議……わたしの心が読めるみたい」

杏奈がぽつりとつぶやく。

彼女がそう言うということは、合コンの時間を気にしていた証拠だ。心のなかで思っただけなのに、あまりにもタイミングよく友也が答えたので不思議に思ったのだろう。
（心が読めるなんてこと、あるはずが……）
即座に否定できない。
思い返せば、貴子との会話でもおかしなことが何回かあった。あり得ないこと
だが、心が読めると仮定すると、いろいろ説明がつく。
（でも、どうして……）
そんな特殊能力が自分に備わっているわけがない。
困惑していると、杏奈に握られたままの左手が目に入った。薬指には教会で
拾った指輪がはまったままだ。
（もしかして……）
ふと思う。この指輪をはめてから、頭のなかで声が聞こえるようになった気が
する。
妄想でも幻聴でもなく、この指輪の力なのではないか。まさかと思いつつ、指
輪から目が離せない。すると、杏奈が再び手を引いた。
「時間がないってわかってるなら、早くはじめましょう」
急かされてベッドにあがる。

会社の後輩と関係を持っていいのだろうか。迷いはあるが、この状況に興奮しているのも事実だ。

心から想っているのは貴子だが、人妻なのでどうすることもできない。それなら、せっかくなので杏奈とセックスしてみたい。こんな機会はめったにないので逃したくなかった。

友也が仰向けになると、杏奈も隣に横たわる。添い寝をする格好になり、至近距離で見つめ合った。

(か、かわいい……)

思わず心のなかでつぶやき、ひとりで照れてしまう。

息がかかるほど近くに、アイドルのように愛らしい杏奈の顔がある。澄んだ瞳で見つめられて、急激に胸が高鳴った。

「約束してください。合コンのこと、誰にも言わないって」

杏奈がささやくと甘い吐息が鼻先をかすめる。友也は言葉を発することもできなくなり、ただガクガクとうなずいた。

「緊張してるんですか?」

そう言うなり、杏奈が顔を寄せる。そして、唇をそっと重ねた。

（おおっ……）

柔らかい唇が触れた瞬間、頭のなかで閃光が走り抜ける。

貴子とキスをしたときと同じ現象だ。あのときは、はじめてのキスだったので衝撃が大きかった。そのため、頭のなかで閃光が走ったのだと思っていた。ところが、二回目の今も同じことが起きた。

（どうしてだ？）

不思議に思ったのもつかの間、杏奈の柔らかい舌が口のなかに入ってくる。舌をからめとられると、ほかのことは考えられなくなった。

杏奈の柔らかい舌が心地いい。唾液でヌルヌルしており、友也の舌をやさしくねぶりまわす。さらには口のなかを隅々まで這いまわり、甘い唾液をたっぷり塗りつける。

杏奈の積極的なキスに翻弄されて、あっという間に興奮が高まっていく。舌をやさしく吸われると、ペニスがむくむくと頭をもたげてしまう。数秒後には、スラックスの前が痛いくらいに張りつめていた。

「まだ緊張してますか？」

杏奈は唇を離すと、やさしく微笑みかける。そして、今度はついばむようにキスをした。

「だ、大丈夫……」

無理をして笑みを浮かべてみせる。

本当はものすごく緊張している。だが、それを言うと経験が少ないことを悟られてしまう。年下の彼女にリードされるのは、男として格好悪い。ここはある程度、経験があるふりをしたかった。

「じゃ、じゃあ、はじめようか」

友也は上半身を起こすと、服を脱ぎはじめる。

ペニスを見られるのは恥ずかしいが、躊躇すると経験が浅いことがばれてしまう。だから、あっさりボクサーブリーフをおろして、勃起したペニスを剝き出しにした。

仰向けになると、膨張した亀頭が天井に向かって伸びあがる。まるで鎌首をもたげたコブラのようだ。

「もう大きくなってる」

杏奈が目をまるくする。そして、恐るおそると言った感じで太幹に指を巻きつけた。

「うっ……」

軽く触られただけで快感が走り抜ける。柔らかい指の感触がたまらず、尿道口に透明な我慢汁が染み出した。

「すごく硬いです」

ささやくように言いながら、太幹をゆるゆると擦りはじめる。ときおり硬さを確かめるように、指にグッと力をこめた。

（ううっ……き、気持ちいい）

友也は慌てて奥歯を食いしばり、腹のなかで唸った。

さらなる快感が押し寄せて、全身の毛穴が開くような感覚に襲われる。汗が噴き出すと同時に、腰が小刻みに震え出した。

「ちょ、ちょっと待って……」

これ以上されると、射精欲がふくらんでしまう。慌てて声をかけて、彼女の指をペニスから引き剝がした。

「俺だけじゃなくて、三島さんも……」

「あっ、そうですよね。あんまり大きいから……」

照れた笑みを漏らすと、杏奈も服を脱ぎはじめる。

ブラウスのボタンをすべてはずして前がはらりと開く。露になったのは、純白のブラジャーだ。ハーフカップブラから、染みひとつない白い柔肉がこぼれそうになっていた。

さらに体育座りの格好でスカートとストッキングをおろして、下半身は純白のパンティだけになる。むちっとした太腿とスラリとしたふくらはぎ、それに細く締まった足首に惹きつけられた。

「そんなに見られたら恥ずかしいです」

杏奈は照れたようにつぶやき、両手を背中にまわす。ブラジャーのホックをはずしてカップをずらせば、瑞々しい乳房が露出した。

(おおっ、こ、これが……)

友也は思わず息を呑んだ。

社内では清純で通っている杏奈が、張りのある乳房を剝き出しにしている。貴子よりは小ぶりだが、お椀を双つ伏せたような美乳だ。鮮やかなピンクの乳首は、ツンと上を向いていた。

杏奈は頰を桜色に上気させながら、パンティもおろしはじめる。つま先から抜き取ると、仰向けになって女体をさらす。恥丘には陰毛が申しわけ程度にしか生えておらず、白い地肌が透けていた。

「好きにしていいですよ」

杏奈はそう言って睫毛を伏せていく。

どうやら、友也の欲望をすべて受けとめるつもりらしい。しかし、友也としては由々しき事態だ。

(困ったな……)

なにしろ一度しか女性経験がないので気後れしてしまう。

こういう事態は想定していなかった。裸の女性を前にしているのに、好きにしていいと言われるとどうすればいいのかわからない。杏奈が積極的になってくれたほうが気が楽だ。

(せめて、三島さんの好みがわかれば……)

そのとき、ふと指輪のことを思い出して左手を見やる。

この指輪に不思議な力があるのなら、今、杏奈がなにをしてほしいかわかるはずだ。

(でも、どうすればいいんだ?)

これまで、意識して声を聞こうとしていたわけではない。ふいに頭のなかで声が響いていただけだ。

今までのことを必死に思い返す。もしかしたら、指輪が相手に触れたとき、声が聞こえるのかもしれない。

迷いながらも、左手で彼女の腕にそっと触れてみる。

薬指にはまっている指輪も、彼女の白い肌に密着していた。しかし、声はまったく聞こえない。杏奈は黙って横たわっているだけで、愛撫されるのを静かに待っていた。

(どうして聞こえないんだ)

時間だけが無駄にすぎていく。

ただ触れるだけでは駄目なのか、それとも、なにか条件が整わないと聞こえないのだろうか。

(ダメか……)

杏奈の好みの愛撫はわからない。

だからといって尋ねるのも違う気がする。慣れた男なら、きっと女性を愛撫しながら好みを探っていくのではないか。こうなったら、自分なりにやってみるしかなかった。

4

友也は意を決すると、震える手を乳房に向かって伸ばした。

手のひらをふくらみに重ねて、指を軽く曲げてみる。すると、それだけで指先が柔肉のなかに沈みこんだ。

(おおっ、す、すごいぞ)

思わず心のなかで唸った。

瑞々しい乳房の感触に驚かされる。指を弾き返すかと思えば、やさしく受けとめてくれるのだ。貴子の蕩けそうなほど柔らかい乳房とは異なり、奥のほうに反発力がある。張りがあるのに柔らかい不思議な感触だ。

(そっと……そっとだぞ)

心のなかで自分に言い聞かせながら乳房を揉みあげる。

女性の身体は繊細だと貴子に教わった。興奮で力が入りすぎないように注意して、やさしい愛撫を心がける。杏奈は静かに睫毛を伏せたままで、まったく反応しない。だが、少なくともいやがっている感じはなかった。

（よ、よし、それなら……）

柔肉をじっくり揉んで、指先を徐々に頂点へと滑らせていく。そして、乳首をそっと摘まみあげた。

「ンンっ……」

杏奈の唇から小さな声が漏れる。

身体がピクッと揺れて、乳首がぷっくりふくらんだ。そこをクニクニと転がせば、さらに乳首は硬くなる。

（俺の愛撫に反応してるんだ）

友也は興奮にまかせて、さらに乳首を転がした。

「あンっ、強いです」

杏奈が小声で訴える。気づいたときには、眉を八の字に歪めて、友也の顔を見つめていた。

「ご、ごめん、つい……」

興奮のあまり力が入っていたらしい。慌てて力を抜くと、できるだけやさしく乳首を刺激する。

「あぁっ……」

杏奈は愛撫に身を委ねるように再び目を閉じた。

双つの乳首を交互に摘まみ、細心の注意を払って転がしていく。杏奈は腰を微かによじり、内腿をもじもじと擦り合わせた。

(もしかして、感じてるのか?)

乳首はこれ以上ないほど硬くなっている。乳輪も充血して、ドーム状にふくらんでいた。

(よし、それなら……)

そろそろ次の段階に進んでもいいかもしれない。

友也は添い寝をした状態で、手のひらを乳房から下腹部へと滑らせる。なめらかな肌を撫でながら、指先を恥丘に伸ばす。わずかしか生えていない陰毛は、まるで和毛《にこげ》のように柔らかい。

「はンンっ」

陰毛をさわさわと撫でまわせば、杏奈はくすぐったそうに身をよじる。さらに指を内腿の隙間に押しこんで、陰唇にそっと触れた。

「あっ……」

杏奈の唇から小さな声が溢れる。反射的に内腿をキュッと閉じて、友也の指を強く挟んだ。

(濡れてる……やっぱり感じてたんだ)

指先に触れている女陰は柔らかく、華蜜でしっとり濡れている。

女体は確実に反応していた。貴子のときを思い出す。あのときも、こうやって慎重に愛撫したのだ。友也は慌てることなく指を動かして、濡れた女陰をじっくり撫であげた。

「あっ……あっ……」

杏奈の切れぎれの喘ぎ声が艶めかしい。もう我慢できないとばかりに、両手で友也の手首をにぎりしめた。

「そ、そんなにやさしく……ああンっ」

つぶやく声はかすれている。しきりに身をよじり、懇願するような瞳を友也に向けた。

愛蜜の量がどんどん増えて、いつしか指はぐっしょり濡れている。ほんの少し動かすだけで、グチュッ、ニチュッという湿った音がラブホテルの一室に響きわたった。

「す、すごいね……」

友也は思わずつぶやいた。

明らかに自分より経験豊富な杏奈が、これほど濡らすとは意外だった。すでに指がふやけるほど、大量の愛蜜が溢れていた。

「だって、平沢さんが焦らすから……はああンっ」

杏奈の瞳はしっとり濡れている。

経験が少ないがゆえ、細心の注意を払って愛撫をしていた。痛みを与えないように触れるか触れないかのタッチを意識した結果、焦れるような快感を生み出しているらしい。

しかし、貴子のように昇りつめてくれない。そろそろ別の愛撫を施したほうがいいかもしれない。アダルト動画では、よく指を挿入する場面がある。試してみたいが、なにしろ経験がないので躊躇してしまう。

(でも、このままってわけにも……)

思いきってチャレンジするしかない。

いったん、股間から手を離すと、膝をつかんで左右に開かせる。友也は体を起こして、彼女の脚の間に入って胡座《あぐら》をかいた。

(おおっ、こ、これは……)

ミルキーピンクの女陰を目の当たりにして、腹のなかで唸った。

貴子よりも色は薄いが、花弁は少し伸びている。もしかしたら、経験が多いせいで、形が崩れているのかもしれない。愛らしい顔立ちとのギャップがあり、よけいに卑猥な感じがした。

「い、いや……あんまり見ないでください」

杏奈は赤く染まった顔を両手で覆い隠す。

経験は豊富でも、陰唇をじっくり観察されるのは恥ずかしいらしい。だが、そうやって照れる姿が、牡の欲望をかき立てた。

(よ、よし……)

友也は心のなかで気合を入れると、濡れそぼった女陰に指を押し当てる。

割れ目を慎重に撫でながら、指先を少しずつ狭間に潜りこませる。上下にゆっくり動かして、膣口を探っていく。やがて、くぼんだ部分を発見して、中指の先端で軽く圧迫した。

「あぁっ……」

杏奈の声が艶を帯びる。

どうやら、ここが膣口らしい。いやがるそぶりがないので、そのまま中指をじわじわと押し進める。

「は、入っちゃう……あああっ」

女壺は大量の華蜜で濡れており、指はヌプリッと簡単に沈みこむ。まだ先端しか入っていないが、杏奈の喘ぎ声はあからさまに大きくなった。

（熱い……オマ×コのなかって、こんなに熱いんだ）

緊張と感動が同時にこみあげる。

自分の中指が女壺に埋まっているのだ。膣口がキュウッと収縮して、第一関節を食い締めている。濡れた膣襞がウネウネと蠢き、指の表面にねっとりからみついていた。

「ひ、平沢さん……ああンっ」

杏奈が焦れたように腰をよじる。

指の先端を挿《い》れただけでは、物足りないらしい。それならばと、中指をじわじわ押しこんでいく。

「あっ……ああっ」

裸体が仰け反り、杏奈の唇から艶めかしい声が溢れ出す。

膣内のうねりが大きくなって、中指を思いきり締めつける。愛蜜の量は増えており、女体は確実に反応していた。

（こ、これでいいのか？）

なにしろ指を膣に挿入するのは、これがはじめてだ。痛みを与えないように気をつけて、とにかく慎重に押しこんでいく。

「そんなにゆっくり……はあぁっ」

時間をかけた挿入が、思いがけず快感となっているらしい。杏奈の白い下腹部が波打ち、膣口の締まりがさらに強くなった。

（す、すごい、こんなに締まるんだ）

指の血流がとまりそうだ。ここにペニスを挿入したときのことを想像して、牡の欲望がますます膨れあがる。

やがて中指が根元まですべて収まった。膣襞のうねりを感じながら、ゆっくり出し入れしてみる。とたんにクチュッ、ニチュッという湿った音が響いて、杏奈の身悶えが大きくなった。

「はあぁあっ」

艶めかしい声に驚き、友也は慌てて指の動きをとめる。すると、杏奈が腰を左右によじりはじめた。

「いじわるしないで……も、もっと、もっとしてください」

どうやら、焦らされていると勘違いしているらしい。杏奈は懇願するような瞳で友也を見つめる。

「こんなの、はじめて……ああンっ」

彼女の甘い声には、媚びるような響きがまざっていた。

慎重に愛撫しているだけだが、それが経験したことのない刺激となっているようだ。愛蜜の量がどんどん増えており、膣襞のうねりも大きくなる。甘酸っぱい匂いが濃厚に漂いはじめて、牡の興奮を誘っていた。

「も、もっと……もっと激しく……」

杏奈は我慢できないとばかりに腰をよじる。

(激しくって言われても……)

友也は中指を埋めこんだ状態で困惑していた。

なにしろ経験がないので、指を激しく動かすのに抵抗がある。膣粘膜は今にも蕩けそうなほど柔らかい。指をピストンさせることで、繊細な膣粘膜を傷つけそうで怖かった。

迷ったすえに、スローペースで指を出し入れする。やはり激しく動かすことはできなかった。

「ああンっ、いじわるです」

杏奈は拗《す》ねたようにつぶやき、瞳に涙をにじませる。

どうやら、もっと強い刺激を欲しているらしい。中途半端な快感だけを与えられて焦燥感に駆られている。大量の華蜜を垂れ流して股間をグショグショにしながら、せつなげに眉を歪めていく。

「もしかして……わ、わたしに言わせるつもりなんですね」

杏奈がかすれた声でつぶやくが、友也は意味がまったくわからない。指をじっくり動かしながら、無言で首をかしげた。

（なにを言ってるんだ？）

こうしている間も膣の締まりは強くなっている。そのせいで、なおさらピストンのスピードが落ちていた。

「はンンっ……ほ、欲しいです」

杏奈の瞳がますます潤んだ。

「平沢さんの……オ、オチ×チン、挿れてください」

ささやくような声で言うと、頬をぽっと赤らめる。

なにを勘違いしたのか、杏奈は自ら恥ずかしいおねだりをする。友也が焦らしていると思いこんでいたらしい。言い終わった直後、膣がさらに締まり、友也の中指を強く絞りあげた。

まさか杏奈がそんな言葉を口にするとは驚きだ。会社の男たちが聞いたら卒倒するのではないか。しかも、彼女は全裸で腰をよじらせて、はしたなく男根を求めているのだ。

(あの三島さんが、こんなに淫らだったなんて……)

友也の興奮も最高潮に高まっている。ペニスはこれ以上ないほど硬くなり、先端からカウパー汁が大量に溢れていた。

(い、挿れたい……三島さんのなかに……)

指を引き抜くと、勃起したペニスを割れ目に押し当てる。そのまま挿入しようとするが、亀頭がヌルリと滑った。

「あンっ……早くぅ」

杏奈がしきりに腰をよじらせる。

そうやって動くことで、なおさら挿入しづらくなるのだが、もうじっとしていられないらしい。膣口からは華蜜が絶えず溢れており、二枚の花弁はまるで新鮮な赤貝のように蠢いていた。

「はあンっ」

「ちょ、ちょっと、動かないで……」

友也の額には玉の汗が滲んでいる。

なにしろ、まだ一度しかセックスの経験がない。しかも、前回は貴子が騎乗位で挿入してくれたのだ。自分から挿入を試みるのは、これがはじめてだ。焦るばかりで、亀頭が膣口にはまってくれない。

（こ、このへんかな？）

そもそも穴の場所がよくわからない。亀頭を女陰の狭間に押し当てて、当てずっぽうで腰をグッと迫り出した。

「はンンっ、も、もう……」

杏奈の焦れた声が響きわたる。

亀頭はまたしても女陰の表面を滑ってしまう。もう一度挑戦するが、やはり亀頭は滑り、割れ目の上端にあるコリッとした部分を擦りあげた。

「ああっ、そ、そこ、ダメぇっ」

杏奈の声が一気に艶を帯びる。

挿入はできていないが、敏感な場所に当たったらしい。もしやと思って割れ目の間で亀頭を動かすと、小さな突起を発見した。

(これって、もしかして……)

クリトリスかもしれない。愛蜜と我慢汁が付着した亀頭で擦ると、女体がヒクヒクと反応した。

「そ、そこばっかり……ああンっ」

やはり感じるらしい。杏奈は腰をよじり、甘い声を振りまいた。

だが、今は一刻も早く挿入したい。こうして亀頭でクリトリスを擦っている間も、欲望はふくらみつづけている。

(ここかな……)

亀頭で割れ目を探り、ゆっくり押しこんでみる。ところが、膣口の位置がわからず、再びヌルンッと滑ってしまう。

「ああンっ、平沢さんのいじわる」

杏奈が濡れた瞳で甘くにらんでくる。怒っているわけではなく、焦らされる興奮でますます割れ目を濡らしていた。

「い、いじわるしているわけじゃ……」

額に汗を滲ませながら、腰を前につき出す。ところが、またしても亀頭は割れ目の表面を撫でていた。

「あンっ……も、もう……」

杏奈は不満げな声を漏らすが、裸体はヒクヒクと震えている。亀頭が陰唇の表面を撫でてクリトリスを擦る刺激が、新たな快感となっているらしい。顎をあげて、呼吸をハアハアと乱していた。

「わ、わたしに挿れさせるつもりなんですね……わかりました」

またなにか勘違いをしているらしい。杏奈は右手を股間に伸ばすと、太幹をつかんで亀頭を割れ目に導いた。先端がわずかに沈みこむ場所がある。どうやら、そこが膣口らしい。

(こんなに下のほうだったんだ……)

友也は心のなかでつぶやき納得する。

誘導されたことで、ようやく膣口の場所を把握した。思っていたより、ずっと低い位置だった。これでは、いくら亀頭を割れ目に押しつけても挿入できないはずだ。

「も、もう焦らさないで……は、早くぅ」

「じゃあ、挿れるよ……はンンっ」

友也は腰をゆっくり押しつけて、ペニスの先端を女壺に埋めこんでいく。亀頭がヌルンッと膣に入り、カリが膣壁にめりこんだ。

「あああッ、お、大きいっ」

「ううッ、み、三島さんっ」

杏奈が喘ぐと同時に、友也も低い声を放った。

ようやく挿入に成功した。しかし、安堵している間もなく、愉悦の波が押し寄せる。熱い膣粘膜が亀頭を包み、ウネウネと絡みつく。こねまわされるのが気持ちよくて、慌てて全身の筋肉に力をこめる。そうでもしないと、あっという間に射精しそうだ。

（す、すごい……気持ちいい）

これが二度目のセックスだ。

貴子の膣より緩く感じるのは、それだけ経験を多く積んでいる証拠かもしれない。濡れそぼった女壺は常に蠢いており、亀頭をあらゆる角度から揉みくちゃにしていた。

「お、奥まで……ああっ、お願いします」

杏奈が喘ぎまじりに懇願する。

すでにペニスの先端は膣にしっかりはまっている。入ってしまえば、そう簡単に抜け落ちることはないだろう。恐るおそる腰を押しつけると、亀頭が媚肉をかきわけて前進した。

「い、いくよ……うむっ」

「はああッ、は、入ってくる」

女体が仰け反り、膣襞が波打つのがわかる。

ペニスを締めつける快感に誘われて、さらに腰を押し進めた。男根をすべて女壺に収めると、蕩けるような愉悦が湧きあがる。熱くて柔らかい膣肉が、肉棒全体をやさしく包みこんでいた。

「き、気持ちいい……三島さんのなか、すごく熱いよ」

「わ、わたしも……平沢さんの、大きいから……」

杏奈が愛らしい顔を歪めて感じている。唇は半開きになっており、絶えず吐息が漏れていた。

時間をかけて、じっくりピストンしたほうがいいと思う。そのほうが長持ちするのはわかっている。しかし、欲望はどんどんふくれあがっており、腰を振りたくて仕方がない。

「くううッ、き、気持ちいいっ」

ほんの少しペニスを出し入れしただけで、快感が全身にひろがっていく。膣襞がいっせいにざわめき、女壷全体が思いきり収縮する。

「み、三島さんっ、おおおッ」

自然とピストンスピードがアップして、亀頭を膣の奥深くまでたたきこむ。すると、ますます快感が大きくなり、さらに腰の動きが増していく。

「あああッ、い、いきなり……はあああッ」

杏奈も喘ぎ声を振りまき、股間をググッと迫りあげる。そうすることで、ペニスがより深い場所まで入りこんだ。

「くおおッ、す、すごいっ」

「ああッ、い、いいっ、あああッ」

友也が唸れば、杏奈も甘い声で喘いでくれる。

相乗効果で快感が大きくなり、抽送速度があがっていく。腰を打ちつけるたびに、目の前で張りのある乳房がタプタプ揺れる。思わず両手を伸ばして揉みあげると、ますます興奮して全身が熱くなった。

もう力をセーブすることなど考えられない。欲望にまかせて腰を振り、ひたすらに快楽だけを求めつづける。

「ああッ、ああッ、いいっ、気持ちいいですっ」

杏奈は手放しで喘いでいる。

友也のピストンに合わせて股間をしゃくり、ペニスを奥へ奥へと引きこんでいく。亀頭が膣道の行きどまりに到達すると、瑞々しい女体がビクビクと小刻みに痙攣する。

「あううッ、お、奥っ、はあああッ」

もう限界が近いらしい。そんな彼女の姿を目の当たりにして、友也の頭のなかがまっ赤に燃えあがる。

「お、俺も……おおおッ、おおおおおッ」

もうこれ以上は我慢できない。興奮にまかせてペニスを打ちこみ、カリで膣壁を擦りあげる。女壺のなかを勢いよくかきまわした。

「あああッ、イ、イキそうっ、もうイキそうですっ」

彼女の喘ぎ声が引き金となり、友也の欲望は限界を突破する。掘削機のようにペニスをたたきこむと、いちばん深い場所まで入りこんだ。

「おおおッ、で、出るっ、出る出るっ、ぬおおおおおッ！」

雄叫びをあげながら、ついに沸騰した精液を噴きあげる。ペニスが思いきり脈動して、凄まじい勢いで欲望を注ぎこんだ。

「ひあああッ、い、いいっ、イ、イクッ、あああッ、イックうううッ！」

杏奈も艶めかしい嬌声を響かせる。膣が猛烈に締まり、ペニスをこれでもかと絞りあげた。

「くうううッ」

ペニスの痙攣がとまらない。快感が快感を呼び、頭のなかがまっ白になっていく。かつて経験したことのない愉悦が全身にひろがった。

睾丸のなかが空になるまで射精は延々とつづき、ついに友也は力つきて女体に覆いかぶさる。呼吸が乱れて言葉を発する余裕もない。杏奈もハアハアと喘ぐだけになっていた。

ふたりの呼吸が整うまで、どれくらい時間がかかっただろうか。先に口を開いたのは杏奈だった。

「すごかったです」

覆いかぶさったままの友也を抱きしめると、耳もとでささやいた。

「散々焦らしてから、あんなに激しく腰を振るなんて……」

うっとりした声からは、彼女が満足したことがうかがえる。

友也の慎重な愛撫と、欲望をこらえられなくなった激しいピストンが、奇跡的に杏奈の性癖にマッチしたらしい。

とにかく、彼女を悦ばせることができてよかった。必死だったが、ほんの少し自信がついた気がした。

（それにしても……）

薬指の指輪をチラリと見やる。

どうして、肝心なときに声が聞こえなかったのだろうか。試しにもう一度、指輪のはまった左手で、彼女の腕にそっと触れてみる。

――平沢さんが、こんなにすごいなんて……。

頭のなかで声が響いた。

（き、聞こえた……）

まさかと思ったが杏奈の声に間違いない。今、杏奈は満足げな瞳で友也の顔を見つめていた。

妄想でも幻聴でも空耳でもない。今まさに杏奈が思っていることが、友也の頭に流れこんできたのだ。

いったい、どういうことだろうか。

なにか理由や法則があるはずだが、それがわからない。だが、この指輪に特殊な力があることを確信した。

第三章　女子大生を助けたら

1

翌朝、友也は自室のベッドで目を覚ました。

土曜日なので会社は休みだ。枕もとに置いてあるスマホで時間を確認すると、午前十時をまわっていた。

（もう、こんな時間か……）

横になったまま伸びをすると、節々に鈍い痛みが走った。

「イテテ……」

声に出してつぶやき、思わず苦笑を漏らす。

昨夜、杏奈とセックスをしたのだ。慣れないことをしたため、全身が筋肉痛になっていた。

最初は緊張したが、最後のほうは欲望のままに腰を振りまくった。あれほど激しく体を動かすことは久しくなかった。最高の射精ができただけではなく、杏奈も絶頂に追いあげたのだ。

あのあと、ホテルの前で別れた。

おそらく杏奈は合コンに向かったはずだ。友也は疲れきっていたので、まっすぐアパートに戻って横になった。

今にして思うと、すべてが夢だったような気がする。しかし、ペニスには激しいセックスの影響か、微かな痺れが残っていた。

(まさか、あの三島さんと……)

会社で人気を独り占めしている杏奈とセックスしたのだ。

自分でも現実感がないくらいなので、もし会社で話したとしても信用する者はひとりもいないだろう。それくらい、あり得ないことが現実になったのだ。

(でも、どうして、あんなことが……)

思わず左手に視線を向ける。

薬指には教会で拾った指輪がはまっていた。

すべての発端はこの指輪にある。人の考えが伝わってくるようになり、杏奈が合コンに参加することを知ったのだ。

この指輪には不思議な力が宿っている。

ただ、使い方は今ひとつわからない。なにか条件があるようなのだが……。

これをうまく使えば、もっとおいしい思いができるかもしれない。奥手で童貞だった自分が、ふたりの女性とセックスできたのだ。もっと大勢の女性とセックスすることも可能ではないか。

仕事にも使えるかもしれない。取引先の担当者の心を読んでうまく駆け引きすれば、営業成績をアップできるはずだ。

（ほかにも、もっと……）

妄想はどんどん加速していく。

だが、ふいに不安がこみあげた。そんなにおいしい話があるだろうか。いいことばかりではない気もする。あとで帳尻合わせのように、悪いことが起きるのではないか。

（やっぱり、はずしたほうがいいかな……）

とは思いつつ、惜しい気もする。

迷いながらも右手で指輪をつまんで引いてみる。ところが、指輪はびくともせず、薬指にしっかりはまったままだ。力を入れても痛みが走るだけで、抜ける気配はまったくない。

（くっ……なんで抜けないんだ？）

角度を変えながら指輪をまじまじと観察する。

指の表面に隙間なく密着しているが、血流はとまっていない。なにもしなければ痛みもなかった。

枕もとのスマホを手に取り、指輪のはずし方を検索してみる。

石鹸で滑らせる方法が出てくるが、すでに試して駄目だった。消防署に行けば、リングカッターという道具で指輪を切ってもらえるらしい。だが、そこまでするのもおおげさな気がする。

それに落とし主が今もこの指輪を捜しているかもしれない。傷つけずにはずして、あの教会に戻したほうがいいのではないか。

（まあ、とにかくしばらくこのままで……）

慌ててはずす必要はないだろうと思い直す。

今のところ生活に支障はない。むしろ、いいことばかりだ。なにしろ、二度もセックスを経験できたのだ。

(どうせ、貴子さんとは……)

脳裏に貴子の顔を思い浮かべる。

彼女は人妻だ。どんなに想ったところで、願いが叶うことはない。はじめてのセックスを貴子と経験できただけでもラッキーだ。

(それなら……)

ほかの女性とセックスしてみたい。せっかくなので、この夢のような状況をしばらく楽しみたかった。

2

買い置きのインスタントラーメンを食べて、なんとなくテレビを見ているうちに、気づくと窓から夕日が射しこんでいた。

(もう、五時か……)

時刻を確認すると、腹がグウッと鳴った。

冷蔵庫を開くまでもなく、なにもないのはわかっている。唯一あるのはインスタントラーメンだが、昼に食べたので別のものにしたい。

（買いに行くか）

友也はベッドから立ちあがり、スウェットの上に薄手のブルゾンを羽織る。そして、サンダルをつっかけるとアパートをあとにした。

向かったのは近所のコンビニだ。

買い物かごを手にすると、まずは雑誌のコーナーに寄り、目についた男性誌をパラパラとめくる。特集記事は「やれる女の見分け方」だった。以前なら買っていたが、今の友也には必要ない。

（この指輪があれば……）

左手の薬指に視線を向ける。

指輪の力で、相手の考えていることがわかるのだ。

雑誌コーナーをあとにすると、発泡酒を一本、買い物かごに入れてから、弁当のコーナーに向かう。選んだのは好物のからあげ弁当だ。このコンビニでは、だいたいこれを買っている。

レジに向かうと、よく見かける女性の店員がいた。

「こちらにどうぞ」

声をかけられて買い物かごを台に置く。

胸につけた名札には、一ノ瀬《いちのせ》佳純《かすみ》と書いてある。年は二十歳前後だろうか。おそらく、アルバイトだろう。セミロングの艶やかな黒髪と、人なつっこい笑顔が魅力的だ。

よく見かけるというだけで、個人的な言葉を交わすことはない。ただの店員と客の関係だ。佳純がかわいいので友也は顔を覚えている。だが、佳純が友也の顔を覚えているとは思えない。大勢いる客のひとりにすぎないだろう。

「八百二十八円です」

佳純は商品のバーコードを読み取り、値段を告げる。

なんとなく表情が冴えない。声にもいつもの張りがないと感じたのは気のせいだろうか。

だからといって、とくに声をかけることはない。代金を払って釣り銭を財布に入れる。そして財布をポケットにしまいながら、差し出されたコンビニ袋を受け取ろうと左手を伸ばした。

——また、あのお客さんが来たら、いやだな。

ふいに頭のなかで佳純の声が聞こえた。

「えっ……」

突然だったので、反射的に声を漏らしてしまう。自分の左手薬指を見ると、コンビニ袋を差し出した彼女の指が触れていた。

「どうかしましたか？」

友也の声に反応して、佳純が小首をかしげる。まだ指は触れたままで、彼女の心の声は頭のなかで響いていた。

――お釣りをわたすとき、さりげなく手を触ってくるし……。

――なんか、ストーカーになりそうな感じ……。

――でも、なにかされたわけじゃないから、誰にも相談できないし……。

彼女の心の声が、次から次へと流れこんでくる。怯えが手に取るように伝わり、友也まで不安になってしまう。

「だ、大丈夫ですか？」

思わず尋ねると、佳純は微かに眉根を寄せた。

「なんのことですか？」

そうつぶやいてコンビニ袋から手を離す。

とたんに頭のなかで響いていた声がすっと消える。薬指が彼女に触れている間だけ、声が聞こえていた。しかし、聞こえるときと聞こえないときの違いがわからなかった。

それより、今はこの状況をなんとかしなければならない。

いきなり話しかけたことで、彼女は困惑している。このままだと、怪しいやつ実際、助けを求めるように、もうひとつのレジをチラチラ見ている。そちらには大学生のアルバイトらしき若い男が立っていた。

「か、顔色が悪かったから、つい……」

とにかく、ごまかそうとして言葉を紡いだ。

「よけいなことを言って、すみません……知らないやつに話しかけられたら、気持ち悪いですよね」

しゃべればしゃべるほど、墓穴を掘っている気がする。

一刻も早く立ち去るべきだと思って背を向ける。そして、振り返ることなくコンビニをあとにした。

逃げるようにアパートの自室に戻った。

さっそく発泡酒を飲みながら、からあげ弁当を食べる。しかし、胸の奥のもやもやが消えてくれない。佳純に怪しいやつと思われたことより、彼女が誰かに怯えていたのが気になった。

頭のなかで響いた声から察するに、おかしな客がいるらしい。しつこくされて困っているようだ。彼女が迷惑がっている時点で、すでにストーカーと認定してもいいのではないか。

(でも、俺が出しゃばることじゃないな)

からあげを頬張り、心のなかでつぶやく。

佳純の怪訝な顔が瞼の裏に残っている。とくに親しいわけでもないのに話しかけた結果、警戒されてしまった。下手に出しゃばれば、自分までストーカーと思われかねない。あのコンビニにはほかに若い男の店員もいたので、なにかあっても大丈夫だろう。

弁当を食べ終えると、発泡酒の残りを飲みほした。

ベッドに横たわり、なんとなくテレビを眺める。しかし、内容がまったく頭に入ってこない。

(ずいぶん、不安そうだったな……)

頭のなかで響いた佳純の声を思い出す。

友也に向けられた声ではないとわかっている。彼女が心のなかで思っていたことが、指輪の力によって聞こえただけだ。それでも、助けを求めていた気がしてならない。

（ちょっと行ってみるか）

立ちあがってブルゾンを羽織ると、部屋を飛び出した。

放っておくことはできない。佳純のことはほとんど知らないが、なにかに怯えているのは間違いないのだ。それがわかってしまった以上、見て見ぬふりはできなかった。

とはいえ、自分にできることがあるのだろうか。佳純がストーカーに襲われている現場を目撃しても助ける自信はない。それに、今夜、彼女が襲われるとも限らなかった。

とにかく、コンビニに向かう。

通りから店内をさりげなく確認するが、佳純の姿は見当たらない。客が数人と店員がいるだけだ。佳純はバックヤードにいるのか、それともアルバイトが終わって帰ったのかもしれない。

（いないなら、仕方ないな……）

内心ほっとしていた。佳純がストーカーに襲われていたら、どうすればいいのかわからない。喧嘩は苦手で体力にも自信がなかった。警察を呼ぶにしても、誰かに助けを求めるにしても、手遅れの気がした。

だが、佳純がいないなら問題ない。安堵してアパートに帰ろうとする。そのとき、コンビニからひとりの女性が出てきた。

（あっ、佳純ちゃんだ）

心のなかで「佳純ちゃん」と呼んで、思わず苦笑が漏れる。

コンビニで何度も顔を見ているが友人ではない。それどころか、ほとんど言葉を交わしたことがないのだ。それなのに、心のなかとはいえ、なれなれしく呼んだ自分が滑稽に思えた。

佳純は黒いブーツに赤いチェックのミニスカート、黒のハイネックのセーターの上に薄手のコートという服装だ。アルバイトを終えて帰るところらしい。佳純は通りを早足に歩いていく。

（大丈夫だったんだな）

彼女の背中を見送り、自分もアパートに帰ろうとする。

そのとき、電柱の陰に立っている人影に気づいた。少し離れているが、コンビニの入口が見える位置だ。小太りの男で黒いジャージの上下を着ているため、闇に紛れていた。

佳純が遠ざかっていくと、まるであとをつけるように歩きはじめる。佳純が出てくるのを待っていたのではないか。うつむき加減で、こそこそした足取りが怪しく見えた。

(もしかして……)

佳純が気にしていた客は、あの男ではないか。ある程度の距離を保って歩く姿は、ストーカーにしか見えない。

いやな予感がこみあげる。

このあたりは住宅街で、夜になると人通りはそれほど多くない。男がなにかを企んでいるとしたら、簡単に実行できそうだ。佳純の身に危険が迫っている気がしてならない。

(なんか、やばいんじゃないか……)

暑くもないのに、額に汗がじんわり滲んだ。

正直、かかわりたくない気持ちが強い。しかし、ここで逃げ出すわけにもいかなかった。

友也は意を決すると、男を追って歩き出した。近づきすぎて、尾行がばれないように気をつける。男は佳純のあとをつけているので、三人が距離をあけて歩いている状態だ。

佳純は住宅街を歩いている。背後に男と友也がいることに気づいていない。なにも起きないでほしいと思ったとき、男がふいに歩調を速めた。

友也も早足になって追いかける。だが、男は佳純にまだ危害を加えてはいないので、どうすることもできない。そのまま佳純を追い抜いていくだけかもしれないのだ。

佳純は公園の横を歩いている。男はすぐ背後に迫っていた。

（か、佳純ちゃん……）

注意を促したいが、声をかけるのは危険な気がする。本当に男がストーカーなら、下手に刺激したくなかった。

迷っているうちに、男が佳純に追いついた。背後から手首をつかむと、いきなり公園に引きずりこもうとする。

「きゃっ」

佳純は小さな悲鳴をあげて肩をすくめた。

しかし、それきり黙りこんでしまう。恐怖のあまり、声が出ないのかもしれない。抗う素振りは見せたが、そのまま公園に引っぱられていく。

(やばいぞ……)

友也はとっさに走り出す。頭で考えるより先に体が動いた。

公園のなかを見やると、男は佳純の手首をつかんで奥に向かっていた。どうやら、暗がりに連れこむつもりらしい。街路灯の明かりが、ふたりの姿を照らしていた。

「お、おいっ」

勇気を振り絞って呼びかける。声は情けなく震えてしまったが、男は足をとめて振り返った。

勝手に若い男だと思いこんでいたが、近づくと四十はすぎているように見える。頭髪が薄くなっており、目が異様にギラついていた。邪魔が入って苛ついたのか、喧嘩腰でにらんでくる。

(うっ……)

思わず気圧《けお》されて、足がすくんでしまう。

ところが、佳純は助けを求めるように、潤んだ瞳でこちらを見ていた。彼女の声からは誰にも相談していないようだったので、ストーカーのことを知っているのは友也しかいない。ここで引きさがるわけにはいかなかった。

「な、なにをやってるんだ」

勇気を出して歩み寄ると声をかける。

佳純は顔をこわばらせて立ちつくしていた。彼女が感じているであろう恐怖を思うと、なんとかしなければという使命感がこみあげる。

「なんだ、おまえは。デートの邪魔をするな！」

ストーカー男は目をむいて怒鳴った。逆ギレもいいところだ。まともな話ができる雰囲気ではない。

「そ、その子は、いやがってるじゃないか」

声はますます震えてしまうが、それでもなんとか言い返す。

本当は怖くて逃げ出したい。見ず知らずの女性だったら助けに入らなかったと思う。しかし、佳純の心の声を聞いてしまった以上、知らなかったことにはできなかった。

「うるさいっ、俺たちはつき合ってるんだっ」

男はあからさまな嘘をつくと、いきなりつかみかかってきた。

友也もとっさに男の腕をつかんで対抗する。だが、組み合った状態でにらまれると、恐怖が全身にひろがっていく。

「や、やめろっ」

──あとちょっとで佳純を犯せたのに、邪魔しやがって。

そのとき、頭のなかで声が響いた。

ストーカー男の声に間違いない。友也が左手で腕をつかんでいるため、男の心の声が頭のなかで聞こえたのだ。

しかも、声だけではなく、ドロドロとした情念まで流れこんでくる。

コンビニで見かけた佳純に恋をして、一方的に想いを募らせていたらしい。しかし、告白する勇気はなく、いつの間にかストーカーになっていた。そして、ついには力ずくで自分のものにしようと計画したのだ。あまりにも身勝手な男の思いが、ひとりの女性を傷つけようとしていた。

「か、彼女につきまとうな！」

つかまれているので、逃げるに逃げられない。友也は恐怖に駆られながらも必死に叫んだ。

——誰だこいつ、コンビニでバイトしてるやつか？

またしても男の声が聞こえた。

「俺はアルバイト店員じゃない、ただの客だっ」

「な、なんだ、おまえ……」

反射的に友也が叫ぶと、男はギョッとした顔をする。心のなかで思ったことに友也が答えたのだから、男が驚くのは当然だ。

——気持ち悪いやつだな。一発ぶん殴れば黙るだろ。

またしても男の声が聞こえた。

（くっ……な、舐めやがって）

腹の底から怒りがこみあげる。

恐怖は消えないが、それでもこんな最低の男に負けたくないという思いがふくらんだ。

「い、一発殴られたくらいで黙らないぞ！」

男があきらかにひるんだ。胸ぐらを揺さぶる力が弱まり、目の奥に迷いが生じるのがわかった。

——こいつ、どうなってるんだ？

かなり焦っているらしい。男はまだ友也の胸ぐらをつかんでいるが、頰の筋肉がこわばっていた。

「大丈夫ですか?」

そのとき、公園の外から声が聞こえた。

スーツ姿の男性が立ちどまり、こちらを見ている。たまたま通りかかって、揉めている声が聞こえたらしい。

――や、やばいぞ。会社にばれたらクビになっちまう。

ストーカー男が勤務する会社を思い浮かべたことで、友也の頭のなかに情報が流れこんでくる。驚いたことに、男は国内有数の大手家電メーカー、サニー電機の正社員だ。

「サニー電機かよ。いい会社なのにクビになったらもったいないぞ」

「ど、どうして、わかったんだ……」

「今度、彼女に近づいたら、会社に黙ってないからな」

友也が怒鳴りつけると、男はようやく胸ぐらから手を放す。そして、全速力で公園から逃げ出した。

追いかけるつもりはない。そんな気力も体力も残っていなかった。あの男は会社をクビになりたくないと思っている。職場までばれた以上、もう佳純につきまとうことはないだろう。

通りから見ていた男性も、騒ぎが収まったとわかり立ち去った。

(こ、怖かった……)

全身から力が抜けてへたりこみそうになる。

喧嘩などろくにしたことのない友也にとって、ストーカー男と対峙するのは死ぬほど勇気のいることだった。

「あ、ありがとうございます」

ふいに声をかけられてはっとする。

佳純が瞳に涙をにじませながら、すぐそばに立っていた。襲われそうになった彼女のほうが、ずっと怖い思いをしたはずだ。

「大変でしたね。大丈夫ですか?」

なんとか気持ちを立て直して話しかける。すると、彼女は涙をポロポロこぼしはじめた。

「ずっと怖かったんです。バイト帰りに、会うことが多くて……偶然かと思っていたんですけど……」

おおげさにしたくなくて、誰にも相談できなかったらしい。なにもされていないのだから、対処の仕方がむずかしかったのだろう。

「もう、大丈夫だと思いますよ。でも、なにかあったら、今度はすぐ誰かに相談したほうがいいですね」

「はい……」

佳純は涙を流しつづけている。どうやって慰めればいいのかわからず、困惑してしまう。

いずれにせよ、深くかかわるつもりはない。コンビニで怪訝な顔をされたことを覚えている。それなのに、わざわざコンビニに戻ってきたのだから、自分までストーカーと思われかねない。

「じゃあ、俺はこれで……」

早々に立ち去ろうと背中を向ける。すると、佳純がブルゾンの袖をちょこんと摘まんだ。

「どうかしましたか？」

「あ、あの……家までいっしょに来てもらえませんか」

なにやら言いにくそうにしながらつぶやいた。

「怖くて……まだ、近くにいるかもしれないし……」

佳純は顔をうつむかせて、もじもじしている。

なにしろ襲われそうになった直後だ。あの男はもういないと思うが、彼女が怯えるのは当然のことだった。

「構いませんけど……俺だって見ず知らずなのに……」

友也がつぶやくと、彼女はクビを小さく左右に振る。そして、泣き濡れた瞳で見つめてきた。

「知っています。いつも、からあげ弁当を買っていますよね」

佳純が覚えていたとは意外だった。

「今日も来ていただいて……心配してくれたのに、すみませんでした」

「い、いえ、俺も突然、話しかけちゃったから……驚かせて、ごめんなさい」

友也もあらためて頭をさげる。

「でも、俺も悪いやつかもしれないよ」

「そんなことありません。わたしを助けてくれたじゃないですか」

「今のは、たまたま……」

彼女の心の声を聞いていなかったら躊躇していたと思う。怯えていたのを知っていたのに、見て見ぬふりはできなかった。

「それに、本当に悪い人だったら、自分のことを悪いやつかも、なんて言いませんよ」

佳純が微笑を浮かべてくれたのでほっとする。

泣かれてしまうと、どうすればいいのかわからない。アパートまで送ることを約束して、ふたりは並んで公園をあとにした。

3

「お茶でも、いかがですか？」

アパートの前につくと、佳純が遠慮がちにつぶやいた。

道すがら互いに自己紹介をすませている。佳純は二十歳の女子大生で、アパートでひとり暮らしをしているという。アルバイトが忙しくて、彼氏を作る暇もないと嘆いていた。

「い、いや、遠慮しておくよ。明日も早いし」

さすがに女性の部屋にあがるのは気が引ける。やんわりと断ると、佳純が友也お願い、来て。彼女の心の声が頭の手をすっと握った。

――ひとりになるのは怖いの。お願い、来て。

まだ怯えているらしい。

左手を握ったことで、指輪が佳純の手のひらに触れている。彼女の心の声が頭のなかに流れこんできた。

「一杯くらい、いいでしょう？」

潤んだ瞳を向けられると、突き放すことはできない。

「う、うん……じゃあ、一杯だけ」

困惑しながらうなずくと、佳純の顔に花が咲くような笑みがひろがった。

アパートの二階にある彼女の部屋に案内された。

こぢんまりしたワンルームで、きれいに整理整頓されている。ベッドとローテーブルとカラーボックスがあるだけで、ほかに目立つ物はない。質素な生活を送っているようだ。

窓にかかっているカーテンは淡いピンクで、香水なのか芳香剤なのか、ふんわりと甘い香りが漂っていた。

「座ってください。すぐに飲み物を準備しますね」

佳純はキッチンに立ち、やかんを火にかける。友也は落ち着かない気持ちのま
ま、ブルゾンを脱いでローテーブルの前に腰をおろした。
(女子大生の部屋か……)
あらためて考えると不思議な気持ちになる。
自分が大学生のときは、一度も入ったことのない夢の場所だ。まさか社会人に
なってから、足を踏み入れることになるとは思いもしない。部屋のなかを見まわ
すと、ベッドの上にたたんで置いてある洗濯物が目に入った。
(あ、あれは……)
Tシャツやスウェットパンツの上に、ピンクの小さな布が載っている。ふんわ
りとして柔らかそうな布は、パンティに間違いなかった。
「あっ、す、すみません」
佳純は慌てて洗濯物を抱えると、クローゼットに片づける。顔がまっ赤に染
まっているのが愛らしい。
「見ましたか?」
「な、なにかあったの?」
とっさに見ていないふりをする。

彼女が恥ずかしい思いをするだけなので、正直に答える必要はないだろう。すると佳純は柔らかい笑みを浮かべた。

「平沢さんって、やさしいんですね」

「えっ、なにが?」

見ていないふりをしたのがばれたらしい。だが、今さら見たとも言えず、とぼけつづけた。

やがて、佳純がティーカップをふたつ運んでくる。ローテーブルに置くと、友也の隣に腰をおろした。

(どうして、隣に……)

ふいに緊張感が高まった。

距離が近くて、肩と肩が軽く触れている。座ったことで赤いチェックのミニスカートがずりあがり、ストッキングを穿いていないナマの太腿が大胆に露出していた。

「どうぞ、飲んでください」

「う、うん……」

極度の緊張で喉がカラカラに渇いている。ティーカップに手を伸ばすと、ひとくち喉に流しこんだ。

「熱っ……」

思いのほか熱くて、思わず声をあげる。すると、すかさず佳純が顔をのぞきこんできた。

「大丈夫ですか？」

「た、たいしたことないよ」

笑ってごまかそうとするが、格好悪いところを見られてしまった。緊張していることがばれただろうか。

「ごめんなさい。熱すぎましたね」

「そ、そんなことない。おいしいよ」

本当は紅茶の味の違いなどわからない。とにかく言葉を紡ぐと、彼女が友也の左手をすっと握った。

「本当にやさしいんですね」

まるで大切なものを扱うように、両手で友也の手を包みこんだ。

——奥さんがうらやましいな。

佳純の声が聞こえる。薬指にはまっている指輪を見て、友也が既婚者だと勘違いしたらしい。

「あ、あの、俺……」

途中で言葉を呑みこんだ。誤りを正そうとしたが、それより早く彼女が身を寄せた。友也の腕に抱きつくことで、肘がセーターの胸のふくらみに柔らかくめりこんだ。

──でも、もう少しだけ、いっしょにいてほしい。

いじらしい心の声が聞こえる。

ストーカーの恐怖から、まだ抜け出せていないらしい。彼女はひとりになることを恐れていた。

「い、一ノ瀬さん……」

友也が困惑してつぶやくと、佳純が顔をすっと寄せる。次の瞬間、柔らかい唇が重なった。

頭のなかで閃光が走り抜ける。以前にも経験したことのある感覚だ。貴子や杏奈とキスしたときも、同じような衝撃を受けた。経験は少ないが、普通のキスとは違う気がする。

「今だけ、佳純って呼んでください」

佳純が濡れた瞳でつぶやいた。

いったい、なにを考えているのだろうか。左手は握られたままだが、なぜか心の声は聞こえない。肝心なときに指輪は力を失ってしまった。

「ご迷惑はおかけしません。今だけでいいんです」

切実なものを感じて、突き放すことができない。友也がとまどっていると、佳純は再び唇を重ねて舌を差し挿れた。

「か、佳純ちゃん……うむっ」

柔らかい舌が口内を這いまわる。歯茎や頬の裏側を舐めまわすと、舌をからめとられて吸いあげられた。

(お、俺は、なにを……)

わけがわからないまま、ディープキスの快楽に流されてしまう。

積極的な佳純のキスに応じて、友也も無意識のうちに舌を伸ばす。彼女の口のなかに舌を入れると、柔らかい口腔粘膜を舐めまわした。

「はンンっ……友也さん」

佳純は唇を離して、せつなげな瞳で友也を見つめる。

「まだ怖くて……だから、今だけ……」

小声でつぶやき、友也の首に腕をまわしてしがみついた。

「あったかい……」

頬を寄せて体温を感じることで、安心感を得ようとしているらしい。

佳純はストーカーに襲われた恐怖をまぎらわせるためか、友也に抱かれることを望んでいる。既婚者だと思いこんでいるので、後腐れのない一度だけのセックスのつもりのようだ。

かわいい女子大生が抱いてほしいと言っているのだ。男にとって、これほど都合のいい話があるだろうか。このような状況になったのは、指輪の力があったからこそだが。

(本当に、いいのか?)

普通に生活しているだけなら、あり得ない話だ。迷いはあるが、せっかくなのでセックスしたかった。

「か、佳純ちゃん……」

抱きしめて顔を寄せると、佳純は睫毛をそっと伏せていく。キスを受け入れる態勢なので、友也は遠慮せずに唇を奪った。

「ンンっ……」

舌を差し挿れると、佳純は微かに鼻を鳴らして吐息を漏らす。すぐに彼女も舌を伸ばして、濃厚なディープキスに発展した。

「うむっ、佳純ちゃん」

「あンっ……友也さん」

唾液を何度も交換して呑みくだす。その間も舌を深くからめて、粘膜をヌルヌルと擦りつける。蕩けるような快感が湧きあがり、ふたりは夢中になって舌を吸い合った。

(ああっ、最高だ……)

舌をからめるほどに気分が盛りあがる。

恋も愛もないが、身体は正直に反応してしまう。ペニスが頭をむくむくともたげて硬く膨張していく。気づいたときには、スウェットパンツの前が大きなテントを張っていた。

「ああっ……もう、こんなに……」

佳純は友也の股間を目にして、うっとりした声でつぶやく。そして、友也の手を取ると、ゆっくり立ちあがった。

「つづきは、ベッドで……」

4

ふたりはベッドの前で抱き合って、熱いキスを交わしている。

そうしながら互いの服を脱がしていく。佳純のセーターをまくりあげれば、レモンイエローのブラジャーに包まれた乳房が露になる。セーターを頭から抜き取ると、佳純も友也のスウェットの上着を奪い去った。

ミニスカートのホックをはずしてファスナーをおろす。足もとにはらりと落とせば、ブラジャーとおそろいのパンティが現れる。恥丘にぴったり貼りついているため、縦溝がうっすら浮かびあがっていた。

佳純の指がスウェットパンツにかかり、ボクサーブリーフといっしょに引きさげる。とたんに屹立した男根が、ブルンッと勢いよく跳ねあがった。

「あっ……すごい」

思わずといった感じで佳純がつぶやく。その直後、自分の言葉に照れたのか、頬が熟れたリンゴのようにまっ赤になった。

「佳純ちゃんも……」

友也は彼女の背中に手をまわすと、ホックをはずしてブラジャーをずらす。すると、小ぶりな乳房が剝き出しになった。

片手で収まるほどのふくらみで、先端で揺れる乳首は桜色だ。貴子や杏奈と比べると小さいが、初々しい感じがしてドキリとする。さらにパンティに指をかけると、太腿を撫でるようにしながらおろしていく。

（おっ……おおっ……）

友也は思わず腹のなかで唸った。

露出した恥丘には、陰毛がまったく生えていない。ツルリとした白い地肌が剝き出しで、縦に走る溝がはっきり見えた。

（こ、これは……）

いわゆるパイパンというやつだ。予想外の光景を目にして、頭のなかが熱く燃えあがっていく。

「じつは……生まれつきなんです」

佳純は手のひらで股間を隠すと、恥ずかしげにつぶやいた。

内股になってもじもじする姿が愛らしい。先ほどまで積極的だったのが嘘のように、赤く染まった顔をうつむかせた。

「これを見られるのが恥ずかしくて……」

佳純がぽつりぽつりと語りはじめる。

無毛の恥丘がコンプレックスで、セックスの経験はひとりだけだという。はじめてだったのに、遊んでいると思われたのがショックだった。それ以来、いいと思う人がいても躊躇してしまうらしい。

「やっぱり、毛がないのってヘンですか？」

佳純は今にも泣き出しそうな顔になっていた。

「そんなことないよ。俺はそういうのも好きだよ。それに、遊んでいたなんて思わないけどな」

言葉を選んで語りかける。

処女を捧げた相手の言葉が、今でも心の傷になっている。苦しんでいるであろう佳純を、これ以上、悲しませたくなかった。

「やっぱり、やさしいです」

佳純が安堵したようにつぶやいた。

（ここからは、俺が……）

経験は浅いが、自分がリードするべきだろう。友也は彼女の手を引いてベッドにあがった。

佳純を仰向けにすると、友也も隣に横たわる。片手を伸ばして、小ぶりな乳房に重ねていく。軽く触れただけで、佳純の身体がピクッと反応する。手のひらに触れている乳首は、瞬く間に充血して硬くなった。

「あっ……」

半開きになった唇から小さな声が漏れる。佳純は不安と期待に揺れる瞳で友也の顔を見つめていた。サイズは小さくても、乳房は溶けそうなほど柔らかい。そっと揉みあげるだけで、指がズブズブと沈みこんでいく。双つのふくらみを交互に揉むと、先端で揺れる乳首をやさしく摘まんだ。

「あンっ、そ、そこは……」

佳純の声がかすれている。

友也の愛撫に反応したのだ。興奮が高まるが、貴子に女性の身体は繊細だと教わった。それを思い出しながら、乳房を慎重にゆったり揉みしだく。そして、高価な美術品を扱うように、乳首をそっと摘まみあげた。

「ああっ……」

女体がピクッと小さく跳ねる。愛撫するほどに感度が増していくようだ。

「乳首が感じるんだね」

指摘すると佳純は恥ずかしげに視線をそらす。しかし、いやがる素振りはいっさいない。それならばと、人さし指と親指でこよりを作るように転がせば、乳首はますます硬くなる。乳輪までぷっくりふくらみ、桜色が濃くなった。

「そこばっかり……はンンっ」

佳純は抗議するようにつぶやき、内腿をもじもじ擦り合わせる。腰も左右に艶めかしく揺れはじめた。

乳房から下腹へと手のひらを滑らせる。無毛の恥丘のすべすべした肌触りが心地いい。内腿の隙間に中指をねじこみ、陰唇にぴったり重ねる。とたんにクチュッという湿った音が響きわたった。

「ああっ」

佳純の身体が仰け反り、甘い声が溢れ出す。乳房を愛撫したことで、女体は確実に反応していた。

(そろそろ、いいかな……)

友也の興奮も高まっている。ペニスは痛いくらいに勃起して、尿道口から透明な我慢汁が溢れていた。

彼女の脚の間に入りこみ、膝をぐっと押し開く。すると、白い内腿に隠されていた陰唇が露になった。

「み、見ないでください」

佳純が恥ずかしげにつぶやくが、この状況で見ずにはいられない。無毛の恥丘のすぐ下に、鮮やかなピンクの割れ目が剝き出しになっている。しかも、愛蜜でヌラヌラと濡れ光っていた。

(こ、これは……)

思わず両目をカッと見開き、前のめりになる。

淫らな光景を目の当たりにして、テンションが一気にアップした。勢いにまかせて張りつめた亀頭を女陰に押し当てる。たったそれだけで女体がビクッと反応した。

「あンっ、ゆ、ゆっくり……久しぶりだから……」

佳純が震える声で訴える。

経験人数はひとりだけだと言っていた。最後のセックスはずいぶん前なのかもしれない。いざ挿入する段階になって、怯えが見え隠れしていた。

「だ、大丈夫だよ」

安心させようと思って語りかけるが、友也の声は緊張で震えてしまう。なにしろ、これはまだ三度目のセックスだ。佳純をうまく絶頂に導けるのだろうか。それ以前に、ちゃんと挿入できるか自信がない。とにかく、やれるだけやるしかなかった。

杏奈と正常位でセックスしたときのことを思い出す。

膣口の位置は、友也が思っているより低かった。腰をしっかり落として、亀頭の高さを合わせる。割れ目に密着させると、焦らずじっくり上下に動かして膣口の位置を探っていく。

「あっ……」

佳純の唇から小さな声が漏れる。

亀頭がわずかに沈みこむ場所に当たっていた。おそらく、ここが膣口だ。経験を積んだことで、それほど苦労せずに発見できた。

「いくよ……んんっ」

腰を慎重に押し進める。亀頭の先端が柔らかい場所に埋まっていく。二枚の陰唇を巻きこみながら、男根がズブズブと女壺にはまりこんだ。

「あああッ」

佳純が眉を八の字に歪めて、喘ぎ声を響かせる。白い下腹部が波打ち、膣口が猛烈に収縮した。

「くうッ……き、きついっ」

友也は思わず唸って動きをとめる。

まだ太幹は半分ほどしか入っていない。しかし、経験の浅い女壺は、まるで異物を排除するように締まっていた。

慌てて挿れないほうがいい。佳純は経験が少ないので、貴子や杏奈のように簡単にはペニスを受け入れられないのだろう。いったん、挿入は中断して、そのままの状態で乳房をゆったり揉みあげた。

「ああンっ……」

佳純は睫毛をそっと伏せると愛撫に身をまかせる。

指先で乳輪をなぞり、ときどき先端を摘まみあげた。そうやって、じっくり愛撫を施すと、女体の緊張が徐々にとけていく。

「友也さんって、やさしいんですね」

しばらくすると、佳純がぽつりとつぶやいた。

濡れた瞳で友也の顔を見あげている。もしかしたら、処女を捧げた相手と比べているのかもしれない。

「俺なんて、別に……」

思わず言葉を濁して視線をそらした。

彼女は友也が既婚者だと勘違いしている。だが、実際は女性とつき合ったこともない奥手な男だ。それなのにこうしてセックスできるのは、ただただ指輪の不思議な力のおかげだ。

男根の締めつけが少し緩んだので、挿入を再開する。慎重にゆっくり押しこめば、太幹はすべて膣のなかに収まった。

「はンンっ」

亀頭の先端が女壺の奥に到達すると、佳純の裸体がビクンッと仰け反る。小ぶりな乳房が揺れて、乳首がますますとがり勃った。

「全部、入ったよ」

「は、はい……お、奥まで来てます」

佳純の呼吸は早くも乱れている。

久しぶりのセックスだが、時間をかけて挿入したため、すでにペニスと膣はなじんでいるようだ。大量の愛蜜と我慢汁がまざり合い、潤滑油となってヌルヌルしている。

「動くよ……んんっ」

スローペースで腰を振りはじめる。根元まで収まったペニスをゆっくり後退させて、再びじわじわと押しこんでいく。

「あっ……あっ……」

佳純の唇から切れぎれの喘ぎ声が溢れ出す。

甘い響きは感じている証拠だ。友也はほっと胸を撫でおろすと同時に、ますます慎重に腰を振る。とにかく、時間をかけてペニスを出し入れして、膣壁をじっくり擦りあげていく。

「そ、そんなにやさしくされたら……ああンっ」

とまどいの声を漏らしながらも喘いでいる。やがて佳純は腰を右に左によじらせて、膣でペニスを締めつけた。

「くうぅッ、き、気持ちいいっ」

快感が急激にふくれあがり、自然とピストンスピードがあがっていく。男根が出入りするたび、結合部分から湿った音が響きわたる。

「あぁッ、い、いいっ、わたしも気持ちいいですっ」

佳純も感じていることをはっきり口にする。友也の抽送に合わせて股間をしゃくり、ペニスをしっかり奥まで受け入れた。

「おおッ、締まるっ、おおおッ」

快感が次から次へと湧きあがる。腰の振り方が激しくなり、さらに膣の締まりが強くなった。

「あああッ、と、友也さんっ」

佳純が両手を伸ばして、友也の首にしっかりまわす。引き寄せられて上半身を伏せると、身体をぴったり合わせる格好になった。

「き、気持ちいいっ、おおおおッ」

たまらず唸り声が溢れ出す。

密着したことで、快感が一気に跳ねあがった。もう力のセーブができず、全力のピストンを繰り出した。

「ああッ……ああッ……い、いいっ」

佳純の喘ぎ声も大きくなり、股間をグイグイしゃくりあげる。ふたりの動きが一致することで、愉悦がどこまでも膨張していく。突如、遠くに出現した絶頂の大波が、轟音を響かせながら押し寄せてくる。

「おおおッ、おおおおおッ」

「い、いいっ、あああッ、友也さんっ」

友也が唸りながらペニスを打ちこめば、佳純は膣の奥で受けとめる。息を合わせて腰を振り、ふたりは同時に絶頂の大波に呑みこまれた。

「くおおおッ、で、出るっ、ぬおおおおおおおッ！」

たまらず雄叫びを轟かせて、女体を強く抱きしめる。

蜜壺に包まれた男根が激しく暴れまわり、先端から沸騰したザーメンが勢いよく噴きあがった。粘り気の強い大量の白濁液が、尿道を高速で駆けくだることで快感を生み出した。

「はあああッ、あ、熱いっ、あああッ、イクッ、イクううううッ！」

佳純もよがり泣きを響かせて昇りつめていく。

友也の腕のなかで女体が仰け反り、ガクガクと震えはじめる。全身の毛穴から汗を噴き出しながら、ペニスをこれでもかと食い締めて、あっという間に快楽の桃源郷に到達した。

欲望のほとばしりをたっぷり注ぎこみ、頭のなかがまっ白になっていく。ふたりはきつく抱き合ったまま、刹那の快楽を心ゆくまで堪能した。

第四章　満員電車の未亡人

1

友也は朝の通勤電車に揺られている。

当然ながら車内は満員だ。右手で吊革につかまり、車窓を流れる景色を見るともなしに眺めていた。

ここ数日の出来事が脳裏に浮かんでは消えていく。

思いがけず、コンビニのアルバイトで女子大生の佳純と身体の関係を持ってから三日が経っていた。

貴子と杏奈につづいて、本来なら縁のない佳純とセックスできたのは、今も左手薬指にはまったままの指輪の恩恵だ。

（でも……）

友也は左手をチラリと見やった。

この指輪をはめた手で人に触れると、考えていることがわかる。相手の心の声が頭に流れこんでくるのだ。ときどき声が聞こえないときもあるが、その法則は今ひとつわかっていない。とはいえ、指輪に不思議な力が宿っているのは間違いなかった。

しかし、いいことばかりではない。

先日、佳純をストーカーから助けたときのことだ。ストーカーと揉み合いになったとき、知りたくもない男のどす黒い情念が頭に流れこんできた。元来、卑屈な性格だったらしく、ドロドロしたヘドロのようなものが、勝手に伝わってきたのだ。

（あんなこと、知りたくなかった……）

友也は思わず奥歯を強く嚙みしめた。

この指輪の力があれば、いい思いができると思った。だが、人の心を知るということは、他人の心の闇に触れることでもあるのだ。それがわかり、指輪の存在がわずらわしくなってきた。

（やっぱり、はずしたほうがいいな）

そんなことを考えていたとき、視界の隅でなにかが動いた。

なにげなく横目で左側を見やる。すると、そこには濃紺のスーツ姿の女性が立っていた。年のころは三十前後だろうか。マロンブラウンのふんわりした髪が、肩を柔らかく撫でている。

（あっ……）

危うく声が出そうになり、ギリギリのところで呑みこんだ。

女性のスカートの尻に、手がぴったり貼りついている。いや、貼りついているだけではない。尻のまるみを楽しむように、ゆったり動いているのだ。それが友也の視界の隅に入ったらしい。

（ち、痴漢だ……）

一気に緊張感が高まった。

彼女は満員電車のなかで痴漢されている。こうしている間も、何者かの手は円を描くように尻を撫でていた。

（ど、どうすれば……）

痴漢を目撃するのは、これがはじめてだ。

頭では助けなければと思うが、実際に遭遇すると恐怖が湧きあがる。だが、それと同時に先日のストーカーのことが脳裏に浮かんだ。佳純は声をあげられないほど怯えていたのだ。

(きっと、この人も……)

なんとかしなければと思いつつ、簡単には動けなかった。

周囲に視線をめぐらせる。女性の背後には、スーツ姿の男が三人ほど体を寄せている。満員電車なので仕方ないが、やけに密着しているように見えるのは気のせいだろうか。

(この三人のなかに痴漢が……)

友也の額に汗が滲んだ。

二十代前半の若い男、頭頂部が薄くなった中年男、それに三十代なかばと思しき精悍な顔立ちの男の三人だ。

彼女の尻を触っている手を見やるが、なにしろ満員で密着しているため、どの男の手なのかわからない。グレーのスーツの袖が見えるが、怪しい三人の男たちは、似たようなグレーのスーツを着ていた。

間違えて声をかけたりしたら大変なことになる。痴漢の冤罪は絶対にあってはならない。犯人を見つけようと、男たちの顔を慎重に観察する。

若い男は左手に持ったスマホを見ている。中年男は吊革につかまり、窓の外をぼんやり眺めていた。三十代なかばの男も吊革につかまって、車内の広告に視線を向けている。

三人とも右手は下にさがっており、どの男が痴漢をしていてもおかしくない状況だ。

(誰なんだ……)

焦る友也の脳裏に、佳純の顔が浮かんだ。

先日、ストーカーから助けたことで感謝された。あのときのことを思うと、やはり見て見ぬふりはできない。

隣に視線を向ければ、女性の表情はこわばっていた。やさしい顔立ちをしているが、恐怖のためか瞳が潤んでいる。頬がピンクに染まっているのは羞恥のためかもしれない。

「ンっ……」

そのとき、女性の唇から小さな声が漏れた。

下を見やると、痴漢の指がスカートに包まれた尻にめりこんでいる。まるで弾力を確かめるように、グイグイと揉んでいた。

(電車のなかで、こんなことを……)

怒りがこみあげるが、同時に恐れも大きくなっている。

こんな大胆なことをする神経が理解できない。そんな男にかかわったら危険な気がした。

「ンンっ」

女性が微かに身をよじった。

尻を見やれば、男の指がスカートの上から臀裂を撫であげている。下から上に向かって、尻の割れ目をくすぐっているのだ。

そうやって刺激を与えれば、女性は反射的に身悶えする。その反応を楽しんでいるのかもしれない。下劣な痴漢に嫌悪感を覚えるが、彼女が腰をもじもじさせる姿が気になっているのも事実だ。

(お、俺は、なにを考えてるんだ……)

心のなかで自分を戒《いまし》める。

しかし、隣で女体がくねるたび、妖しい気持ちになってしまう。内腿を擦り合わせて、腰を右に左に揺らしている。走行中の電車の振動があるので目立たないが、痴漢の指に反応しているのは間違いない。

「ンぅっ……」

またしても女性が小さな声を漏らす。

唇を懸命に閉じているが、強い刺激を感じているらしい。顔はますます上気して、形のいい眉を八の字に歪めていた。

なにをされているのかと尻を見る。すると、男の指が臀裂に思いきり食いこんでいた。スカートの布地ごと、指が深く沈みこんでいるのだ。パンティも臀裂にめりこんで、尻穴を押し揉まれているのではないか。

「ンっ……ンンっ」

ついに女性は顔をがっくりうつむかせる。

痴漢されていることを周囲の乗客に知られたくないのだろう。赤く染まった顔を隠そうとしていた。

そんな彼女の反応が、痴漢の劣情をかき立てたのかもしれない。男の手がタイトスカートをじりじりとまくりあげて、ストッキングに包まれた太腿が少しずつ露になっていく。

（ちょ、ちょっと、それ以上は……）

友也は思わず目を見開いた。

このままでは、どこまでもエスカレートしていく気がする。今、この異常な状況に気づいているのは、満員電車のなかで友也だけだ。自分が助けなければ、この女性はさらに辱められてしまう。

（お、俺が、なんとかしないと……）

使命感が湧きあがる。

先日、佳純をストーカーから助けたときのように、勇気を出して彼女を痴漢から守るのだ。見ず知らずの女性だが、自分しか気づいていないのなら、放っておくことはできなかった。

まず彼女に声をかけるべきだろうか。

そう思ったとき、ふいに彼女が顔をあげた。男の手がスカートのなかに入りこんで、ストッキングの上から尻に触れたらしい。瞳がねっとり潤み、半開きになった唇から荒い息が漏れていた。

（この人、いやがってるんだよな？）

ふと疑問が浮かびあがる。

まるで愛撫されて感じているようにも見える。痴漢に遭っているのだから、そんなことはあり得ない。だが、妙に色っぽい表情にドキリとした。

「あっ……」

友也の視線に気づいて、女性が小さな声を漏らす。

なにか言いたげに唇をパクパク動かすが、声にならない。今まさに痴漢に遭っている恐怖のためか、それとも痴漢されていることを知られた羞恥のためか。いずれにせよ、彼女には助けが必要だ。

「お、おいっ」

友也は自分を鼓舞するように声をあげると、彼女の尻を触っている男の手をつかんだ。

——や、やばいっ。

とたんに男の声が頭のなかで響きわたる。

(えっ、な、なんだ?)

そのときはじめて、左手で男の手首をつかんでいることに気づいた。

指輪が触れたことで、痴漢の心の声が聞こえたのだ。焦っているのは間違いない。慌てて手を引こうとするが、友也も簡単に逃がすつもりはない。全力で男の手を引き戻した。

――こ、こいつ、放せっ。

男の必死な心の声が聞こえる。焦りがますます大きくなり、腕をぶんぶん振りはじめた。

「くっ、絶対に放さないぞっ」

必死なのは友也も同じだ。思わず声が大きくなると、車内にざわめきがひろがる。痴漢とは思わないまでも、揉めごとが起きたのはわかるだろう。大勢の視線がこちらに向けられるのがわかった。

――ま、まずい、妻にばれたら……。

男は既婚者だ。痴漢をしたことが、妻にばれるのを恐れている。

(こいつ、結婚してるくせに……)

怒りがこみあげたとき、頭のなかに映像が流れこんできた。

男が脳裏に浮かべたものが、指輪の力によって友也の頭に入ってきたのだ。知りたくないのに、拒絶することはできない。強制的に男の考えや思い浮かべたことがわかってしまう。

ひとりの女性の姿が見える。ピンクのエプロンをつけており、どこかの家のキッチンに立っていた。

(た、貴子さん?)

見間違えるはずがない。男が脳裏に思い浮かべた女性は貴子だ。貴子のエプロン姿を実際に見たことはない。彼女のプライベートを垣間見た気がして不思議な気持ちになる。

(どうして、痴漢が貴子さんを……)

わけがわからないまま、つかんだ男の手をグッと引く。

揉めごとに気づいた周囲の乗客が距離を取ったこともあり、痴漢が誰なのかはっきりわかった。

三十代なかばの男だ。いかにも仕事ができそうな精悍な顔が、今は焦りのあまりひきつっている。友也と被害女性を交互に見やり、慌てた様子で首を左右に振りはじめた。

「ち、違う、誤解だ」

見苦しいにもほどがある。必死に言いわけするが、友也は手を握ったまま逃がすつもりはない。

——妻にばれたら……なんとかしないと。

またしても男の声が聞こえて、貴子の姿が脳裏に浮かんだ。

（ちょっと待てよ……）

いやな予感がした。

男の心の声と映像がつながり、不安がかき立てられる。男が妻のことを考えるたび、貴子の映像が友也の頭に流れこんでくるのだ。エプロンをつけてキッチンに立っている貴子は、男がふだん目にしている光景ではないか。

（ま、まさか、こいつの妻って……）

膝がガクガク震え出した。

この男の妻は貴子だ。信じたくないが、そう考えるのが自然だろう。通勤電車のなかで痴漢をしていたのは、貴子の夫だったのだ。

（そんな、ウソだろ……）

ショックを受けて愕然としたとき、電車がスピードを落として駅のホームに滑りこんだ。

痴漢は駅員に突き出すべきだろう。だが、この男が貴子の夫だと思うと躊躇してしまう。どうするか決めかねているうちに電車は停まり、プシューという音とともにドアが開いた。

その直後、男が腕を振りほどいてホームに飛び出す。そのまま猛ダッシュで逃げてしまった。

「くっ……」

友也は思わず奥歯を噛みしめる。

追うこともできたが、その気にならなかった。みすみす逃がしてしまったことで、重苦しい感情がこみあげた。

電車のドアが閉まり、ゆっくり動き出す。車内には、なんとなく気まずい空気が流れていた。

「大丈夫ですか？」

近くで声が聞こえてはっとする。

痴漢に遭っていた女性が、事態を察したほかの乗客に声をかけられていた。女性は困惑の表情を浮かべている。痴漢されていたことを知られて、気まずいのかもしれない。

「あの……ありがとうございました」

目が合うと、女性が小声でつぶやいた。

「逃がしてしまって、すみません」

友也はそう答えるしかなかった。

申しわけなくて、彼女の顔をまともに見ることができない。痴漢を許してはならない。今にして思うと、貴子の夫だとわかっても追うべきだった。だが、先ほどは躊躇してしまった。貴子が悲しむ顔を想像すると、動けなくなってしまった。

「助けていただいただけで充分です」

痴漢にあった直後だというのに、女性は柔らかい笑みを浮かべている。なにか不自然な気がしたが、このときはよくわからなかった。

「ぜひ、お礼をさせてください」

男は逃げてしまったが、彼女はまったく気にしていない。それより、助けてもらったことを感謝しているようだ。

「そんな、お礼なんて……」

「このままでは、わたしの気がすみません。どうか、ご連絡先を教えていただけませんか」

「い、いや、困ったな……」

友也は遠慮するが、彼女は引きさがろうとしない。そして、自分から先に名前を告げた。

彼女の名前は松野美弥子《まつのみやこ》。不動産会社で事務の仕事をしており、出勤途中で痴漢に遭ったらしい。自己紹介されてしまうと、友也も名乗らなければいけないような気持ちになってくる。

「今度、お食事だけでも……どうか、お願いします」

頭をさげられたら断れない。友也はジャケットの内ポケットから名刺を取り出した。

「じゃあ、これを……」

向こうの連絡先はあえて聞かなかった。名刺には友也の携帯番号が印刷されているので、彼女が本気なら連絡してくるだろう。

名刺を差し出すと、美弥子は両手で丁寧に受け取る。そのとき、指先が微かに触れた。

――だから、痴漢プレイなんていやだったのに……。

美弥子の声が頭のなかに流れこんだ。

(な、なんだって?)

友也は思わず固まった。

今、確かに「痴漢プレイ」と聞こえた。いったい、どういうことだろうか。無意識のうちに、彼女の心の声に耳を傾ける。

――あの人、本当の痴漢と勘違いされちゃってる。

――でも、断ったら捨てられていたかもしれないし……。

――三十三歳の未亡人なんて、ほかにもらってくれる人いないもの。

意外な言葉が次々と聞こえて困惑する。

先ほど目撃したのは、本当の痴漢ではなかったらしい。カップルが痴漢プレイを楽しんでいたのだ。

しかも、美弥子は三十三歳の未亡人で、結婚したいと思っている。捨てられるのを恐れて、彼の要望を受け入れたようだ。そういうことなら、痴漢を取り逃がしても、彼女が気にしないのは納得だ。むしろ、彼には逃げきってほしいと思っているに違いない。

――あの人のために、なんとかごまかさないと。

美弥子は痴漢プレイのことを、必死に隠そうとしていた。自分より彼のことを気にしているようだ。

(でも、あいつは貴子さんの夫だぞ)

いったい、どういうことだろうか。

ふたりは不倫の関係だが、美弥子は結婚を本気で望んでいる。人の夫を奪おうとしているのに、うしろめたさがまったく感じられなかった。

2

友也は胸の奥にもやもやを抱えたまま、なんとか一日の営業を終えて会社に戻った。

今は自分のデスクに向かって、営業日報を作成しているところだ。

しかし、どうしても仕事に集中できない。今朝の痴漢の出来事が、頭の片隅に浮かんでいた。

美麗な未亡人の美弥子が、痴漢プレイをしていたことに驚いた。だが、それ以上に男が貴子の夫だったことにショックを受けている。おそらく、ふたりは不倫関係で、結婚の話まで出ているのだ。

貴子がそのことを知ったら、どうなってしまうのか。考えただけでも、胸が苦しくなってしまう。

（俺は、どうすれば……）

友也はパソコンに向かいながら、横目で係長席をチラリと見やった。

貴子はダークグレーのスーツ姿で、背すじをすっと伸ばしている。切れ長の瞳でモニターを見つめて、白くてほっそりした指でキーボードをたたいている。いつもどおり、てきぱきと仕事をこなしていた。

わざわざ報告して、貴子を悲しませる必要はないと思う。だが、夫が不倫をしている事実を知っているのに、黙っているのも違う気がする。

（参ったなぁ……）

悩みすぎたせいか、腹が痛くなってきた。仕事を中断すると、急いでトイレに向かった。

すっきりして部屋に戻ると、貴子がいなくなっていた。

退社するには早いので、貴子もトイレに行っているのだろうか。さほど気にすることなく、友也は再びパソコンに向かった。

いろいろなことがあって疲れがたまっている。今日は早く帰って、家でゆっくりしよう。そんなことを考えながら営業日報を作成した。

「平沢くん、ちょっといいかしら」

ふいに背後から声をかけられてドキリとする。

顔を確認するまでもなく貴子の声だ。いつもと異なる柔らかい雰囲気で、自然と胸の鼓動が速くなった。

身体の関係を持ってから、淡々とした口調になっていた。すべてをなかったことにしたいのだろう。貴子は人妻だから仕方がない。そう自分に言い聞かせてきたが、泣きたいくらい悲しかったのも事実だ。

しかし、今日の貴子の声には、どこかやさしげな響きがある。不思議に思いながら振り返った。

「お客さまよ。平沢くんが席をはずしていたから、わたしが応対していたの」

貴子はそう言って微笑みかけてくる。そして、彼女の隣には、なぜか美弥子が立っていた。

「こんにちは。今朝はありがとうございました」

美弥子も美麗な顔に笑みを浮かべている。穏やかな声で礼を言うと、丁重に頭をさげた。

「ど、どうして……」

頭が混乱して、とっさに言葉が出なくなってしまう。

もちろん、今朝のことは覚えている。だが、美弥子は貴子の夫と不倫をしているのだ。目の前で並んで立っているふたりを見て、全身の毛穴からいやな汗が噴き出した。

「松野さんから話は聞いたわよ。痴漢を撃退したなんてすごいじゃない」

貴子の声がめずらしく弾んでいる。

褒められたのはうれしいが、複雑な気持ちになってしまう。なにしろ、美弥子に痴漢をしていたのは、貴子の夫なのだ。しかも、本当の痴漢ではなく痴漢プレイを楽しんでいた。それを知ったら貴子がどれほどショックを受けるか、想像もしたくなかった。

「今朝は出勤途中だったので、あらためて、きちんとお礼をしたいと思っていたんです」

「そうですか。平沢くん、いいことをしたわね」

美弥子が話しかけると、貴子は感心したようにうなずく。

その会話は同僚たちにも聞こえており、みんなの視線が友也に向いた。誰もが驚きの表情を浮かべて、なかには拍手をしている者までいた。

（こ、困ったな……）

友也はひきつった笑みを浮かべることしかできない。貴子と美弥子の関係を思うと、冷静ではいられなかった。

（なんか、おかしいな……）

ふと疑問が湧きあがる。

そもそも痴漢はプレイだった。それなのに、彼女が礼をするために、わざわざ会社まで来るのは不自然ではないか。なにもしなければ二度と会うことはないのに、彼女のほうから接触してきたのだ。

最悪の場合、不倫相手の妻を確認するだけではなく、危害を加える可能性もあるのではないか。

美弥子の笑みを浮かべた顔からは、なにも読み取ることができない。

（この手で触れれば……）

友也は自分の左手をチラリと見やった。

指輪をはめた手で美弥子に触れれば、考えていることがわかるはずだ。

（もしかしたら……）

いやな予感がこみあげる。

美弥子は、友也が不倫相手の妻と同じ会社に勤めていることに気づいたのではないか。そして、友也に礼を言うフリをして、不倫相手の妻を見にきたのではないか。

（まさか、貴子さんを刺すつもりじゃ……）

自分の考えにぞっとする。

不倫のすえ、相手の伴侶に憎悪が向くのはめずらしいことではないだろう。そんな事件を耳にしたことがある。今まさに目の前で、正妻と不倫相手の女が言葉を交わしているのだ。

（俺が、なんとかしないと……）

友也は内心身構えた。

貴子の身が危険にさらされたら、身を挺してでも守るつもりだ。いつでも動けるように、両足をしっかり踏ん張った。

「お礼にディナーをご馳走させてください。よろしければ、これからいかがでしょうか」

「い、いえ、そこまでしていただかなくても……」

友也は丁重に断るが、それを見ていた貴子が口を開いた。

「せっかくだから、ご馳走になったらどうかしら。松野さんだって、そのほうがうれしいと思うわよ」

「そうでしょうか……」

なんとなく、断りづらい雰囲気になってしまう。

とにかく、貴子と美弥子を離したい。ふたりが同じ場所にいるのは落ち着かなかった。

「わ、わかりました。では、お言葉に甘えて……」

仕方なく美弥子の提案を受け入れる。

友也と美弥子が食事に行くことで、貴子の安全が確保されるのなら、そうするべきだと思った。

3

美弥子に連れられて向かったのは、隣駅からほど近いところにあるイタリアンレストランだった。

大衆店ではないが超高級店というわけでもなく、肩肘張らずに食事ができる雰囲気の店だ。とはいえ、美弥子と向かい合って座っている友也が、心からリラックスできるはずもなかった。

メニューを見てもよくわからないので、注文は美弥子にお願いした。彼女はメニューを見ることなく、トリッパやラザニア、ピッツァマリナーラ、それに赤ワインをボトルで頼んだ。

「今朝は本当にありがとうございました」

美弥子が穏やかな表情で礼を言う。

今は赤ワインを飲みながら、料理ができあがるのを待っているところだ。友也は落ち着かない気分で視線をそらした。

「いえ、たいしたことは……」

ぽつりとつぶやき口を閉ざす。

実際のところ、本物の痴漢を撃退したわけではない。美弥子はあの男、つまり貴子の夫と不倫の関係なのだ。痴漢プレイで遊んでいるのを邪魔したにすぎなかった。

「五年前に夫を病気で亡くして、今は独り身なんです」

友也がほとんどしゃべらないので、美弥子は代わりに話しつづける。彼女自身に興味はないが、一応、相づちは打っておいた。

(それにしても、どういうつもりで会社に来たんだ?)

いまだに真意を測りかねている。

貴子に危害を及ぼすのではないかと心配したが、最後まで憎しみを見せることはなかった。心のなかでどう思っていたのかはわからないが、表面上はにこやかに言葉を交わしていた。

(ずいぶん余裕があったな……)

自分のほうが愛されているという自信があるのだろうか。それにしても、終始穏やかに接していたのも納得できる。

「ワイン、お注ぎしますね」

声をかけられて、グラスが空になっていたことに気がついた。緊張をほぐすつもりで飲んでいるうちにペースがあがっていたらしい。

「自分でやります」

友也もボトルに手を伸ばしたとき、指先が美弥子の手に触れた。

――壮一郎《そういちろう》さん、いつ結婚してくれるのかしら。

ふいに頭のなかで声が響いた。

美弥子の心の声が流れこんできたのだ。それと同時に、今朝の痴漢の顔が脳裏に浮かんだ。壮一郎というのが、あの男の名前らしい。つまり、それは貴子の夫の名前でもある。

——お互いに独り身なんだから、早いほうがいいのに。

彼女の心にあるのは結婚のことばかりだ。

雰囲気から察するに、先延ばしにされているのだろう。しかし、問題はそのことではない。

(お互いに独り身って……)

聞き流すことはできなかった。

壮一郎には貴子という歴とした妻がいる。つまり美弥子とは不倫の関係だ。それなのに、美弥子は相手も独身だと思いこんでいた。

(騙されてるんじゃ……)

そんな気がしたが、口に出すわけにはいかない。

どこで出会ったのか知らないが、壮一郎は独身を装って近づいた。そして、美弥子は自分が都合のいい女になっているとも気づかず、結婚を餌に交際をつづけているのではないか。

「お注ぎします」

友也が固まると、美弥子はボトルを手にして注いでくれた。

「ど、どうも……」

胸に微かな痛みを抱えながら小声でつぶやく。

美弥子は結婚できると信じているが、じつは壮一郎に遊ばれている。それを考えると、だんだんかわいそうに思えてきた。

壮一郎は妻である貴子を裏切り、不倫をしている。しかも、不倫相手の美弥子には、独身だと嘘をついて結婚をちらつかせているのだ。男の風上にも置けない最低のクズだった。

今なら美弥子が貴子に会っても平然としていた理由がわかる。壮一郎の妻だということを知らないのだから、憎しみの感情を抱くはずがなかった。

（それなら、どうして会社に来たんだろう？）

痴漢を撃退したのではなく、実際は痴漢プレイの邪魔をしただけだ。美弥子が本気で感謝しているはずがなかった。

「今朝のことなんですけど、あまりおおげさにしたくないんです」

唐突に美弥子が切り出した。

「どういうことですか？」

「痴漢に遭ったなんて恥ずかしいし、あの男の人に逆恨みされたら怖いから……だから、そっとしておいてほしいんです」

なにかおかしい。もっともらしいことを言っているが、結局のところ、壮一郎を守りたいだけではないか。そのため、痴漢はなかったものとして葬り去りたいのではないか。

（そうか、それを言うために……）

ようやく腑に落ちた気がする。

美弥子が会社を訪れた理由がわかった。騙されているとも知らず、あんな最低の男を守ろうとしているのだ。そんな彼女が哀れでならない。このままだと不幸になるのは目に見えていた。

「あれって……痴漢じゃないですよね」

迷ったすえに、思いきって口にする。そのひと言で美弥子の顔色がサーッと変わった。

「本当の痴漢じゃなくて、痴漢プレイだったんじゃないですか」

「な、なにをおっしゃっているのか……」

懸命に平静を装っているが、美弥子は視線をおどおどそらす。明らかに動揺していた。

「松野さん、本気でいやがってなかったですよね。なんか、おかしいと思ったんです」

本当のことは言えないので、目撃したときに気づいたことにする。そして、いよいよ核心に迫っていく。

「あの痴漢、松野さんの知り合いですよね」

「そ、そんなはず……」

美弥子はとぼけようとするが、言葉がつづかない。まさか指摘されるとは思いもしなかったのだろう。

「さっき、会社で松野さんを応対した人、係長なんですけど、皆川貴子っていうんです」

「み、皆川……」

その名字に聞き覚えがあるらしい。美弥子の頬が瞬く間にひきつっていく。

「係長の旦那さん、壮一郎っていうんです」

確認したわけではないが確信している。

あの痴漢は貴子の夫で間違いない。結婚していることを隠して美弥子とつき合い、都合のいい女にしているのだ。

「旦那さんに会ったことはないけど、写真を見たから知っています。痴漢をしていたあの男です」

これは嘘だが、騙されていることを気づかせるためだ。あの男が最低のやつだとわかってほしかった。

「そ、そんな……」

美弥子はそれきり黙りこんだ。

「よけいなお世話かもしれないけど……放っておけなくて」

真実を告げたことで悲しませたのは申しわけないと思う。しかし、不幸になるとわかっているのに、知らないふりはできなかった。

おそらく、現実を受け入れられないのだろう。美弥子は無言で首を小さく左右に振り、なにか言いかけて唇を開く。しかし、言葉を発することはなく、すぐに下唇をキュッと嚙みしめる。

そんなことを何度かくり返し、グラスに残っていたワインをグッと飲む。それから、ようやく言葉を絞り出した。

「あの人が、結婚していたなんて……」

やがて唇をわなわな震わせて涙をこぼしはじめる。両手で口もとを覆い、嗚咽《おえつ》を漏らした。

「でも、そう言われてみると……」

美弥子は涙まじりに、ぽつりぽつりと語り出す。

理由をつけて結婚を先延ばしにされていたことや、自宅に一度も招いてもらえなかったこと、壮一郎が電話中に相手の女性の声が漏れ聞こえていたことなど、思い当たる節がいろいろあるらしい。

「わたし、遊ばれていたんですね。奥さまにも迷惑をかけてしまって……」

「松野さんは悪くありません。でも、貴子さんの……係長の気持ちは考えてあげてください」

貴子のことを思うと、胸が締めつけられる。

夫はただ浮気をしていただけではなく、この未亡人を騙していたのだ。その事実を貴子が知ったとき、どれほどショックを受けるか考えると、友也までつらくなってしまう。

「貴子さんを悲しませたくないんです。どうか、お願いします」

「す、すみません……」

美弥子は本格的に泣きはじめてしまう。居合わせた客が、なにごとかと見ている。店員もこちらを気にしていた。

こうなってしまったら食事どころではない。注文した料理はまだあがっていないが、彼女もばつが悪いだろう。友也は黙って席を立つと、店員に事情を話して代金だけ支払った。

「出ましょうか」

席に戻ると、できるだけやさしく声をかける。

美弥子はうつむいたまま返事をしないが、友也は彼女の手を取って立ちあがらせた。

左手で触れているのに、彼女の声がまったく聞こえない。ショックが大きすぎて、心のなかが無になっているのかもしれなかった。

4

美弥子の手を引いて、店の外に出たときだった。

――もう、死んでしまいたい。

ふいに彼女の深い悲しみが伝わってきた。

自ら命を絶ってしまうのではないか。本気で心配になるほど、今にも消えてしまいそうな儚さを感じた。

「い、いけません。死んだりしたら絶対にダメです」

反射的に声をかけてしまう。

あまりにも不憫で、つい彼女の心の声に答えてしまった。

美弥子が首をかしげる。そして、泣き濡れた瞳で、友也の顔をまじまじと見つめた。

「平沢さんって、不思議な方ですね。わたしの心が読めるみたい」

「うっ……」

図星を指されて、一瞬、言葉につまってしまう。友也は額に汗を滲ませながら慌てて口を開いた。

「そ、そんなことあるわけないじゃないですか……」

笑い飛ばそうとするが、頬がこわばってうまく笑えない。

触れていると心の声が聞こえてしまう。聞かないほうがいいと思うが、美弥子は走ってくる車に飛びこみそうな危うさがある。つないだ手を放すことができないまま、とにかく駅へと向かった。

——あっ……ホテル。

また美弥子の心の声が聞こえた。

思わず彼女の視線の先を追ってしまう。すると、路地の先にラブホテルのネオンが見えた。

(こんなところにホテルがあるんだ……)

そのとき、視線を感じてはっとする。

「やっぱり、わたしの考えていることがわかるみたい」

美弥子がじっと見つめていた。

「ま、まさか、そんなこと——」

「わたしが今、なにを考えているのか、わかりますか?」

友也の言葉を遮り、美弥子が尋ねる。

——一晩だけでいいんです。いっしょにいてほしい。

切実な思いが友也の頭に流れこんでくる。

彼女は深く傷つき、大きな悲しみを胸に抱えていた。癒やされたいと願っているのだ。

（で、でも、それは……）

喉もとまで出かかった言葉をギリギリのところで呑みこむ。危うく、また答えてしまうところだった。

友也が黙っていると、美弥子は淋しげに路地を見つめる。彼女の視線の先では、欲望を煽るようなピンクのネオンが光っていた。

――お願いです。断らないでください。

美弥子がゆっくり歩きはじめる。

友也の手を引いて路地に入っていく。彼女が向かっているのは駅ではない。ピンクのネオンが近づくが、彼女の気持ちを思うと拒絶できなかった。

部屋に入るまで、ふたりはずっと黙っていた。

だが、手をつないだままなので、美弥子の不安な気持ちは、絶えず友也の頭に流れこんでいる。今もベッドの前に立ち、心のなかで訴えつづけていた。

――お願いです。今夜だけ……今夜だけ……。

美弥子は声には出さず、手をつないだまま唇をそっと重ねる。

表面が触れた瞬間、頭のなかで閃光が走り抜けていく。それと同時に、美弥子の「今夜だけ」という心の声がプツッと途切れた。

（あっ……）

ようやく、わかった気がする。

指輪の力が発動する条件が、ずっとわからなかった。もしかすると、キスをすると一時的に心の声が聞こえなくなるのではないか。

今、手をつないだままキスをしたことでピンと来た。

これまで、貴子、杏奈、佳純の三人の女性とキスをしたが、思い返すとすべて当てはまっている。なぜかはわからないが、心の声が聞こえなくなるのは、口づけを交わした直後からだ。

「ンンっ……」

美弥子が舌を口内にヌルリッと差し入れたことで、友也の思考はぐんにゃりと歪んでいく。

ピンクの照明が降り注ぐなか、美弥子の腕が首に巻きつく。友也も両手を彼女の腰に添えて、身体をぴったり寄せていた。きつく抱き合うことで、彼女の悲しみを少しでも癒やしたい。

「ま、松野さん……うむっ」

舌をからめとられて吸われると、瞬く間に気分が盛りあがる。友也も彼女の口のなかに舌を入れて、柔らかい粘膜を舐めまわした。

ディープキスで唾液をたっぷり交換すると、美弥子は唇を離して目の前でひざまずく。そして、スラックスを膝までおろすと、ボクサーブリーフの上からペニスに触れた。

「うっ……」

すでに肉棒は芯を通して頭をもたげている。グレーの布地に砲弾状の形が浮かびあがり、先端部分には黒い染みがひろがっていた。

美弥子が布地ごしに太幹をやさしく撫でまわす。スリッ、スリッ、と擦られるたび、我慢汁が溢れて染みが大きくなっていく。ペニスがさらにひとまわり膨張すると、ボクサーブリーフがゆっくりおろされた。

とたんに雄々しく屹立した男根が跳ねあがる。張りつめた亀頭は、すでに大量のカウパー汁にまみれて、ヌラヌラと濡れ光っていた。

「ああっ、お汁がこんなに……」

強烈な牡の臭いを、美弥子はうっとりした顔で嗅いでいる。そして、両手をペニスのつけ根にあてがうと、舌を伸ばして裏スジを舐めはじめた。

「ううッ……」

鮮烈な快感が股間から脳天に突き抜ける。

ペニスを舐められるのは、これがはじめての経験だ。柔らかい舌が、敏感な裏スジを根元のほうから先端に向かって移動している。ヌルッ、ヌルッと滑る感触がたまらない。

(こ、これが、フェラチオ……)

感動とともに快感が押し寄せる。己の股間を見おろせば、美麗な未亡人がペニスにやさしく舌を這わせているのだ。舌の蕩けるような感触はもちろん、視覚からも興奮がふくれあがった。

「す、すごい……ううッ」

舌先がカリ首に到達すると、再び根元から先端に向かって舐めはじめる。それをスローペースで何度もくり返す。焦れるような快感だけを与えられて、焦燥感が募っていく。

「ううッ……ま、松野さん」

「ンっ……ンっ……」

美弥子が微かに鼻を鳴らす声も、確実に牡の欲望を煽り立てる。

我慢汁の量がどんどん増えて、亀頭をぐっしょり濡らす。さらには竿にもトロトロと垂れていく。しかし、彼女は構うことなく裏スジを舐めあげると、カリの周囲にも舌を這わせる。

「ここは、どうですか……はンンっ」

「そ、そこは……くううッ」

たまらず呻き声が漏れてしまう。

張り出したカリの内側を丁寧に舐められて、これまで経験したことのない快感がひろがっている。やがて舌は我慢汁にまみれた亀頭を這いあがり、尿道口をチロチロとくすぐった。

「おううッ、き、気持ちいいっ」

尿意を催すような快感が押し寄せる。我慢汁の量が一気に増えて、腰がブルブルと震え出した。

「もっと、気持ちよくしてあげます」

美弥子はそう言うと、亀頭の先端に唇を押し当てる。

期待が膨れあがるなか、唇がゆっくり開いて、亀頭の表面を撫でながら呑みこんでいく。

「おおッ……おおおッ」

ペニスの先端が彼女の口内に収まり、低い呻き声が溢れ出す。

熱い吐息に包まれて、柔らかい唇がカリ首に密着している。それだけで暴発しそうになり、友也は慌てて全身の筋肉に力をこめた。

「ンっ……ンンっ」

美弥子は顔をゆっくり押しつけると、ペニスを根元まで口内に収める。そして、すぐに首を振りはじめた。

「あふっ……むふンっ」

鉄棒のように硬くなった肉棒を、柔らかい唇が擦りあげる。ヌプヌプとしごかれると、瞬く間に射精欲がふくれあがった。

「き、気持ちいい、ううウッ」

すぐに発射するのは格好悪い。奥歯を食いしばって耐えるが、快感はどこまでも膨張していく。

「はむンンっ、ここはどうですか？」

美弥子がペニスを咥えたまま、くぐもった声で尋ねる。視線が重なると、快感がひとまわり大きくなった。

「そ、そこは……おおおッ」

唇で太幹をしごくだけではなく、口内で舌が亀頭を這いまわっているのだ。さらに頬がぼっこり窪むほど吸いあげられて、ついに友也の全身が凍えたように震えはじめた。

「そ、それ以上されたら……くううッ」

情けなく腰を引き、前屈みになって両手で彼女の頭を抱きかかえる。

だが、美弥子は決してペニスを吐き出すことなく、首をさらに激しく振り立てた。唇が勢いよく肉棒の表面を滑り、ジュプッ、ジュプッという下品な音が響きわたった。

「あむっ……はふっ……あむうっ」

「で、出ちゃいますっ、おおおおッ、ぬおおおおおおおッ!」

これ以上は耐えられない。友也は大声で訴えると同時に、思いきり欲望を噴きあげた。射精に合わせて美弥子が吸いあげてくれる。精液が高速で尿道を駆け抜けて、得も言われぬ快感がひろがった。

はじめてのフェラチオで口内に欲望をぶちまけた。しかも、美弥子は精液を注がれるそばからすべて飲みほしたのだ。

最後の一滴まで吸い出されると、友也は力つきてベッドに腰かけた。快感の余韻で頭の芯まで痺れている。ハアハアと荒い息を吐き出すだけで、なにも考えられなくなっていた。

5

美弥子は頬を染めながら、目の前でジャケットを脱ぎ、タイトスカートとストッキングをおろしていく。白いブラウスの裾がかろうじて股間を隠すが、肉づきのいいむっちりした太腿が露になっていた。

さらにブラウスのボタンをはずして脱ぎ去ると、纏っているのは黒いブラジャーとパンティだけになる。熟れた身体は全体的にむちむちしており、下着が皮膚に柔らかくめりこむ様が艶めかしい。

「ああっ、平沢さん……」

熱い視線に気づいて、美弥子が喘ぐような声を漏らす。

恥ずかしげに腰をくねらせるが、手をとめることはない。ブラジャーのホックをはずしてカップをずらせば、重たげに揺れる乳房が露出した。

(で、でかい……)

友也は思わず目を見張った。

下膨れした双つの柔肉は、貴子よりもさらに大きい。壮一郎が夢中になるのも無理はない。まるでメロンを思わせる乳房だ。乳輪は濃い紅色で少し大きく、その中心部にある乳首はすでにぷっくりふくらんでいた。

ほっそりした指がパンティのウエスト部分にかかる。前屈みになりながらゆっくりおろして、片足ずつあげながら抜き取った。

これで美弥子が身につけている物はなにもない。上半身を起こすと、むっちりした女体が露になる。匂い立つような色香が漂ってきて、友也は何度も生唾を飲みこんだ。

(おおっ、すごい……)

大きな乳房はもちろん、恥丘にも視線が吸い寄せられる。

黒々とした陰毛が自然な感じで生えており、地肌がまったく見えないほど覆いつくされていた。貴子の陰毛も濃かったが比べものにならない。剛毛というのはまさにこのことだ。

「平沢さんも……」

美弥子の言葉ではっと我に返る。友也は慌てて立ちあがると、服を脱ぎ捨てて裸になった。

フェラチオで大量に射精したにもかかわらず、ペニスは隆々といきり勃っている。思春期のようで恥ずかしいが、未亡人の色香に当てられて、欲望はますますふくらんでいた。

「わがままを言ってもいいですか」

美弥子はベッドにあがり、こちらに尻を向けて四つん這いになる。肘をシーツにつけて上半身を低くすると、背すじをグッとそらしていく。そうすることで、豊満な双臀をさらに突き出す格好になった。

「うしろから……してください」

頬を桜色に染めて振り返る。そして、まるで誘うように高く掲げた尻を、左右にゆらゆらと揺らした。

「う、うしろから……」

小声でつぶやくだけで、急激にテンションがあがっていく。

バックで挿入した経験はない。だが、いつかやってみたいと思っていた。友也は誘われるままベッドにあがると、豊満な尻のうしろで両膝をシーツについて陣取った。

（や、柔らかい……）

両手を尻たぶに重ねて、指をそっと曲げる。軽くつかんだだけでも、指先が尻肉のなかに沈みこんだ。

思わずグイグイと揉みしだいて、臀裂を割り開く。すると、くすんだ色の尻穴と生々しい紅色の陰唇が剝き出しになった。肉棒をしゃぶったことで興奮したのか、二枚の花弁は大量の華蜜で濡れそぼっている。イソギンチャクのように蠢いているのは、刺激を求めているからに違いない。

（よ、よし、挿れるぞ）

はじめての体位で緊張するが、興奮のほうがうわまわっている。

亀頭を陰唇の狭間に押し当てると、上下にゆっくり滑らせた。膣口の探し方はこれまでの経験で学んでいる。焦らずに亀頭をじっくり動かすと、わずかに沈みこむ場所を発見した。

「あンっ……」

美弥子が小さな声を漏らして、尻をブルッと震わせる。

ここが膣口に間違いない。友也は双臀をしっかり抱え直すと、女体に覆いかぶさるようにして亀頭をじわじわと押しこんだ。

「あッ、は、入ってくる、ああッ」

美弥子の顎が跳ねあがる。背すじが反り返り、膣口がキュウッと締まった。

「ぬううッ、き、きついっ」

友也は低い声を漏らすが、そのまま挿入を続行する。腰をゆっくり押し出して、ペニスを濡れそぼった女壺に埋めこんだ。

「あううッ……お、大きいです」

両手でシーツをつかみ、美弥子がかすれた声でつぶやく。深く埋まった肉棒を締めつけて、腰を右に左に揺らしていた。

「き、気持ちいい……」

膣襞が太幹にからみつき、ウネウネと這いまわる。

先ほどフェラチオで射精していなければ、挿入しただけで暴発していたかもしれない。それほど強烈な快感がひろがり、膣のなかで男根が小さく跳ねる。我慢汁が大量に溢れて、亀頭がヌルリッと滑った。

「あんっ……ひ、平沢さん」

美弥子が濡れた瞳で振り返る。

唇が半開きになっており、呼吸が乱れている。さらなる刺激を欲して、自ら尻を前後に動かした。

「くうッ……」

わずかな動きだが快感が湧きあがる。ヌルヌル滑るのが気持ちいい。ペニスを媚肉で擦られて、欲望の炎が燃えひろがった。

「う、動きますよ……うむッ」

むっちりした尻を抱えこみ、腰を力強く振りはじめる。

硬直した肉柱をズンッと突きこめば、膣が波打つように激しく蠢く。女壺は敏感に反応して、締まりがどんどん強くなる。快感が大きくなれば、自然とピストンがスピードを増していく。

「ううッ、そ、そんなに締めたら……」

「あッ……あッ……す、すごいっ」

美弥子が喘いでくれるから、ますます突きこみが激しくなる。

結合部分を見おろすと、男根が膣に突き刺さっている。二枚の花弁を巻きこみながら、太幹が出入りをくり返していた。

「き、気持ちいい……おおおッ」

「ああッ……あぁッ……い、いいっ」

友也が唸りながら腰を振れば、美弥子の喘ぎ声も大きくなる。

興奮が興奮を呼び、もう昇りつめることしか考えられない。ピストンに合わせて、彼女も尻を前後に振っている。大量の我慢汁と愛蜜で、ふたりの股間はドロドロになっていた。

友也は彼女の背中に覆いかぶさり、両手を前にまわして乳房を揉みしだく。柔らかい双つのふくらみは、今にも溶けそうな感触だ。柔肉をこねまわしながら腰を振ると、ペニスに受ける快感が大きくなった。

「も、もうっ……おおおッ」

射精欲がふくらんでいる。全力のピストンで女壺をかきまわせば、彼女の背中がググッと反り返った。

「はああああッ、す、すごいっ、あああああッ」

絶頂が迫っているらしい。美弥子は全身を震わせて、ペニスをこれでもかと締めつけた。

「おううッ、も、もうイキそうですっ」

友也が唸り声をあげて訴える。すると、美弥子は唇の端からよだれを垂らしながら振り返った。

「だ、出してっ、あああッ、なかに出してくださいっ」

その言葉が引き金となり、快感が爆発的にふくれあがる。肉柱を思いきり打ちこみ、亀頭を膣の奥にたたきつけた。

「あああッ、い、いいっ、はあああッ、イクッ、イクイクううッ！」

美弥子のよがり泣きが響きわたる。バックで突かれて尻肉をブルブル痙攣させながら昇りつめていく。

「くおおおッ、お、俺もっ、おおおッ、ぬおおおおおッ！」

彼女の絶頂に巻きこまれて、友也も女壺の最深部で欲望を爆発させる。膣襞がヌルヌルとからみつき、締めつける感触がたまらない。ペニスが激しく跳ねまわり、ザーメンが勢いよく噴きあがった。

凄まじい射精で、気が遠くなりそうな快感が押し寄せる。フェラチオでたっぷり放出しているのに、精液はまるで放尿のように延々とつづく。やがて目の前がまっ赤に染まり、全身に震えが走る。ペニスが蕩けるような錯覚のなか、心ゆくまで絶頂を味わった。

しかし、肉体で得られる快楽が大きくても、心までは満たされない。どんなに回数をこなしたところで、虚しさが増すだけだ。

本当に好きな人とひとつになりたい。

許されない恋だとわかっている。それでも、友也が心に思い描いている女性はひとりしかいなかった。

第五章　桃色に染まる頬

1

友也は美弥子と別れると、指輪を拾った教会に立ち寄った。

自分以外は誰もいない。深夜の教会はがらんとしており、静謐な空気が漂っていた。

祭壇の前でひざまずき、両手を組んで頭を垂れる。左手の薬指には、まだ指輪がはまっていた。

（もう、俺には必要のないものです。どうか、はずしてください）

心から祈りを捧げる。

この指輪の力のおかげで、四人の女性とセックスできた。しかし、その一方で他人の心の闇をのぞくことになった。

人を助けたこともあったが、このままでは体が持たない。この指輪をはめている限り、他人の人生に振りまわされながら生きることになる。一生このままというのは耐えられない。

（どうか、この指輪をはずしてください）

心のなかで何度も祈る。

おいしい思いをしておきながら、悪い面を見たことではずしたくなった。自分でも都合のいい話だと思う。だからこそ、こうして必死に祈っていた。

願いは天に通じただろうか。

目をそっと開けると、左手の薬指にはまっている指輪を右手でつかんだ。少しずつ力をこめて引いてみる。だが、指輪はびくともしない。まるで皮膚と一体化したように、まったく抜ける気配がなかった。

（ダメか……）

思わず肩をがっくり落とす。だが、なんとなく予想はしていた。

これまでどんなにがんばっても、まったく抜けなかったのだ。そう簡単に抜けるはずがなかった。

　こうなったら、今度の休みにでも消防署に行くしかない。そして、リングカッターで切ってもらうつもりだ。この指輪を捜している人がいたら申しわけないが、これ以上、つけていることはできなかった。

（神さま……）

　友也は再び手を組むと、祭壇に向かって頭を垂れた。ずうずうしいと思いつつ、もうひとつ願いごとがある。

　脳裏に思い浮かべたのは貴子の顔だ。

（人の道に反することだとわかっています。でも、本気なんです）

　彼女は人妻だが、恋する気持ちはとめられない。熱い想いはどこまでもふくれあがっていく。

（どうか、貴子さんに告白することをお許しください）

　それで振られたら、きっぱりあきらめるつもりだ。

　身体の関係を持ったあとから、明らかに距離を置かれている。人妻の貴子に受け入れてもらえる可能性は限りなく低いが、なにもしないで悶々としているのは我慢ならない。

（せめて……）

組んだ両手に力がこもる。

決して軽い気持ちで身体を重ねたわけではない。貴子としっかり向き合い、自分の気持ちを伝えたいと切に願う。本気で好きだということだけは、わかってほしかった。

2

翌日、友也は覚悟を決めて出社した。

タイミングを見て、貴子に話しかけるつもりだ。とはいえ、昼間は外まわりの営業で、夕方に戻れば同僚たちが大勢いる。黙って待っていても、貴子とふたりきりになる時間がないのはわかっていた。

外まわりから戻ると、友也はまっすぐ係長席に向かう。貴子は真剣な表情でパソコンのモニターを見つめていた。

「か、係長っ、お話があります！」

極度に緊張しているため、つい声が大きくなってしまう。

友也の声は営業部のフロアに響きわたり、その場に居合わせた全員がいっせいに注目した。

「平沢くん？」

貴子がとまどった顔で見あげる。

驚くのも無理はない。貴子に避けられているのはわかっていたので、友也も業務上必要なこと以外はいっさい話しかけないようにしていたのだ。貴子に嫌われたくない一心だった。

しかし、今日は違う。

本気の気持ちを伝えると決めていた。なにもしないで後悔するより、自分の口から想いを告げたい。その結果、貴子に嫌われたのなら仕方がない。会社に居づらくなれば転職する覚悟だ。

「た、大切なお話があります。す、少しでいいので、お時間をいただけないでしょうか」

用意していたセリフを一気に告げた。

さすがにこの場で告白するわけにはいかない。食事に誘って、そこで話をするつもりだ。とはいえ、断られることは想定ずみだ。一夜をともにしてから、貴子は明らかに友也と距離を取っているのだ。断られても、しつこく食いさがると決めていた。

「お、お忙しいのは重々承知しておりますが、そこをなんとか――」

「わかったわ」

貴子が短く返事をする。

想定していた言葉とは違っていた。突き放すようなことを言われると思っていたので、穏やかな声にとまどってしまう。とはいえ、表情には硬さがある。友也がどんな話をするのか、警戒しているのかもしれなかった。

「こ、このあと、食事にでも……」

「仕事のきりがいいところで行きましょう」

貴子はあっさり言うと、モニターに視線を戻した。

すべてが思っていた反応とまったく違う。それでも、とにかく約束を取りつけることに成功した。

仕事を終えると、友也と貴子は会社の近くにある居酒屋に向かった。

前回と同じ半個室のボックス席で、テーブルを挟んで向かい合っている。緊張のあまり、喉がカラカラに渇いていた。

「とりあえず、乾杯しましょうか」

貴子が声をかけてくれたことで、運ばれてきたばかりの生ビールのジョッキに手を伸ばした。

「で、では……」

乾杯をする気分ではないが、とにかくジョッキを合わせると、冷えたビールで喉を潤す。炭酸の爽快感と適度なアルコールが入ったことで、気持ちがグッと引き締まった。

「お時間を取っていただき、ありがとうございます」

友也は背すじを正すと、あらたまって切り出した。

「お話というのは、昨日の痴漢のことなんです」

告白の前に伝えなければならないことがある。ひと晩、悩みに悩んだすえ、真実を打ち明けることにした。

貴子の夫は浮気をしていたのだ。

おそらく、美弥子は壮一郎に別れを告げるだろう。そうなれば、夫婦関係はもとに戻るかもしれない。貴子はなにも知らないまま、普通に結婚生活を送っていくことになる。

だが、それでいいのだろうか。

きっと、すべてがもとに戻ることはない。いびつな夫婦になってしまうのではないか。

――夫は構ってくれないし……平沢くん、誘ってくれないかな。

この居酒屋で貴子がそう言ったのを覚えている。

いや、あれは心の声だ。指輪の力によって、貴子のつらい胸のうちが伝わってきたのだ。

あの時点で、すでに夫婦の間にはひびが入っていたのではないか。貴子は夫の異変を感じていたと考えるのが自然な気がする。不安と淋しさを抱えていたからこそ、あの夜、友也を求めてきたのだろう。

真実を伝えれば、貴子は苦しむことになる。しかし、夫の裏切りを知らないまま結婚生活をつづけるのが、はたして幸せと言えるのだろうか。

正直、友也のなかで答えは出ていない。なにが正解なのかはわからないが、嘘はつきたくなかった。

「昨日、松野さんと食事に行って、いろいろお話をしました。そのとき、わかったことがありまして……」

友也が話すのを、貴子は黙って聞いている。背すじをすっと伸ばして、澄んだ瞳でまっすぐ見つめていた。

「そ、それで……」

いざとなると躊躇してしまう。

真実を告げることが、本当に貴子のためになるのだろうか。なにも知らないまま生きていくほうが幸せなのではないか。

(もしかして、俺は……)

ふいに足もとがグラつくような感覚に襲われる。

夫婦関係が壊れることで、心のどこかで自分にチャンスが生まれると思っているのかもしれない。前回がそうであったように、貴子が落ちこめば身体の関係を持てると思っているのではないか。

(俺は、そんなことを……)

自分で自分のことが信用できなくなる。

テーブルの下で、指輪がはまった左手の薬指を見つめた。この指輪の力で、自分の本当の心までわかるのだろうか。指輪がはまった左手で、自分の右手をつかんでみる。

(貴子さんが好きだ……)

その瞬間、熱い想いがますます強くなった。

自分の心の声が聞こえたのかどうかは、よくわからない。だが、貴子への想いが本物であることを確信した。

「松野さん、未亡人だそうです」

直前になって言葉を呑みこみ、当たり障りのないことを口にする。

すべてを正直に話せばいいというわけではない。やさしい嘘なら、ついてもいいのではないか。

「そう……」

貴子は吐息を漏らすようにつぶやいた。

友也が言葉を呑みこんだことに気づいたのかもしれない。だが、彼女はそれ以上、なにも言わなかった。

「係長……いえ、貴子さん」

友也はあらためて呼びかける。

いよいよ、ここからが本題だ。熱い想いを伝えれば、貴子は引いてしまうかもしれない。それでも、真正面からぶつかると決めていた。

「どうしたの?」

突然、名前で呼ばれて貴子は困惑している。首を傾げて、友也の顔を見つめていた。

「お、俺は……」

視線が重なることで緊張してしまう。だが、決して目はそらさない。

「貴子さんのことが好きですっ」

ストレートな言葉で愛を告げる。とたんに羞恥がこみあげて、顔が燃えるように熱くなった。

「ちょ、ちょっと……」

貴子が周囲を見まわして慌てて遮る。

思いのほか声が大きかったらしい。だが、もう勢いはとまらない。友也は必死に語りつづける。

「俺、本気です。貴子さんが人妻でも、好きなものは好きなんです!」

自分でも滅茶苦茶なことを言っていると思う。とにかく、本気だということをわかってほしかった。

「平沢くん……」

貴子がぽつりとつぶやいた。

それきり黙りこんで視線を落とす。そして、再び友也の顔を見つめると、静かに唇を開いた。

「じつは、わたしもお話があるの」

友也の告白には答えず、貴子が抑揚を抑えた声で語り出す。

「今日の昼間、松野さんがまた会社にいらしたの」

予想外の展開だった。

友也が外まわりの営業に出ている間、美弥子がやってきたという。そして、洗いざらい貴子に打ち明けたらしい。

壮一郎が既婚者であることを隠していた。そういった意味では美弥子も被害者だが、いっさい言いわけをしなかった。壮一郎にはすでに別れを告げており、終始、平謝りだったという。

「平沢くんが言ってくれたんでしょう。わたしを悲しませないでくれって」

貴子がふと表情を緩めた。

「松野さんに聞いたわよ。平沢くんにお願いされたって。それで直接、謝罪をしなければって思ったみたい」

「お、俺は……」

友也はそれ以上、なにも言えなくなってしまう。見つめられると恥ずかしくなり、思わず視線をそらした。

「あの人が浮気をしているのは、なんとなく感じていたの。だからって、ショックじゃないと言えば嘘になるけど、覚悟はできていたわ。じつは、ちょっと前から別れ話が出ていたの」

貴子の声はさばさばしている。

壮一郎は自分が浮気をしていたくせに、別れたくないとごねていたらしい。だが、今回の件が決定打となり、離婚が成立するのは時間の問題だろう。

「それで、さっきの返事だけど」

貴子の声のトーンが変わった。

友也が恐るおそる顔をあげると、貴子は柔らかい微笑を浮かべていた。聖母を思わせるやさしげな笑みだった。

「わたしも、平沢くんのことが好き」

「えっ……」

一瞬、自分の耳を疑った。

予想外の返事にとまどいを隠せない。まさか貴子がそんなことを言ってくれるとは思いもしなかった。

「お、俺なんて、どうして？」

「まじめで人当たりがよくて、誰にでもやさしいでしょう。夫の浮気のことも、わたしを傷つけないように黙っていたのね。自分の損得よりわたしのことを考えてくれたんでしょう。平沢くんほど誠実な人に会ったことがないわ」

片思いをしていた女性の唇から、信じられない言葉が紡がれる。

褒められることに慣れていないので照れくさい。夢を見てるような感覚に囚われるが、目の前で頬を染めている貴子は本物だ。会社ではクールな女係長が、恋する少女のように恥じらっていた。

「それに……いつも、わたしのことを見ていてくれたから」

確かに仕事中、貴子のことをチラチラ見ていた。どうやら、そのことに気づいていたらしい。

「誰かに想われるって、うれしいものよ。女だもの……」

夫に浮気をされたことが影響しているのかもしれない。友也の一途な気持ちが伝わり、彼女の心を動かしたのだろうか。

「平沢くんなら、わたしのことをずっと見ていてくれそうな気がしたの」

「は、はいっ、約束します」

友也が前のめりに答えると、貴子は楽しげに目を細めた。

「わたしを困らせないように、これまでなにも言わずに我慢していたのね。でも、もう大丈夫よ」

どうやら、すべてお見通しだったらしい。そもそも、できる上司に隠しごとなどできるはずがなかった。

「年上だけど、本当にいいの？」

貴子が恥ずかしげにつぶやいた。

「そんなの関係ありません。俺は貴子さんが好きなんです」

即座にきっぱり言いきった。

友也は二十三歳で貴子は二十八歳だが、まったく気にならない。貴子が大丈夫なら問題なかった。

「うれしい……こんなわたしでよかったら、よろしくお願いします」

貴子が少しおどけた様子で頭をさげる。まさか、こんな姿を目にする日が来るとは思いもしなかった。

「こ、こちらこそ、よろしくお願いします」

友也は慌てて立ちあがり、腰を九十度に折り曲げた。

コトッ――。

そのとき、テーブルの下で微かな音が聞こえた。チラリと見やると、銀色に光るなにかが床を転がっている。

(あれは……)

まさかと思いながら左手の薬指にそっと触れる。

指輪がなくなっていた。なにをやっても抜けなかった指輪が、なぜか自然にはずれて床に落ちたのだ。指輪は勢いよく転がり、あっという間にどこかに消えてしまった。

(もう、俺には必要なくなったんだな……)

突然のことだが、確かにこのタイミングではずれるのが自然な気がした。

友也と貴子が心を通わせたことが、指輪になんらかの影響を与えたのではないか。なにしろ、不思議な力を宿した指輪だ。純粋な想いを見抜く力があったとしてもおかしくない。

まるで、ふたりが結ばれるのを見届けるように、指輪はするりと抜けて、どこかに消えた。

「平沢くん……ふたりきりになりたいな」

貴子が潤んだ瞳で見つめて甘くささやく。会社では決して見せることのない、柔らかい微笑を浮かべていた。

「お、俺も……」

友也がうなずけば、ふたりの気持ちは一気に燃えあがった。

3

窓から東京の夜景が一望できる。

ふたりはシティホテルの一室にいた。カーテンを開け放った窓の前に立っている。だが、ふたりが見ているのは夜景ではない。顔を寄せて、至近距離から見つめ合っていた。

サイドテーブルのスタンドだけが灯っており、飴色のムーディな光がダブルベッドを照らしている。

貴子が睫毛を伏せると、友也は唇をそっと重ねる。どちらからともなく舌を伸ばして、自然とディープキスに発展する。

「友也くん……ンンっ」

貴子がはじめて名前で呼んでくれた。それがうれしくて、舌を深く深くからめていく。

「た、貴子さん……」

唾液でヌルヌル滑るほどにテンションがアップする。彼女のジャケットを脱がして、ブラウスのボタンをすべてはずす。前がはだけると、白いブラジャーに包まれた乳房が露出した。

ブラジャーごしに乳房を揉みあげるが、カップの硬い感触がもどかしい。女体に纏っているものをすべて奪うと、まるでヴィーナスのような肉感的で神々しい裸身が露になった。

白くて張りがある大きな乳房と淡いピンク色の乳首、悩ましい曲線を描く細い腰、恥丘には漆黒の陰毛がそよいでいた。内腿をぴったり閉じているが、その奥にはサーモンピンクの陰唇があることを知っている。

また拝める日が来るとは思いもしなかった。感動に浸りながら、隅から隅まで視線を逼わせていく。

「やっぱり、きれいです」

友也は思わずつぶやいた。

知り合った女性たちは、それぞれ魅力的な身体をしていたが、やはり貴子は別格だ。スタイルが抜群なだけではなく、肌もなめらかで艶々している。惚れ惚れするほど美しかった。

「そんなに見ないで……」

貴子は頬を桜色に染めて自分の身体を抱きしめた。

以前も裸身をさらしているのに決して恥じらいを忘れない。そんな姿に牡の欲望が煽られる。

友也も急いで服を脱ぎ捨てて裸になった。

ペニスはすでにこれでもかと屹立している。亀頭はパンパンに張りつめて、太幹には青スジが浮かんでいた。口づけを交わしただけで期待がふくらみ、早くも勃起してしまった。

(焦らずに、ゆっくり……)

心のなかで自分に言い聞かせる。

最高潮に高まっているが、多少なりとも経験を積んだことで、なんとか欲望をコントロールできていた。

「やってみたいことがあるんです」

唇を離して語りかける。キスをしたことで高揚していた。

「友也くんの望みなら、なんでも……」

貴子が小さくうなずいてくれる。やはり高揚しているのか、頬が桜色に染まり、瞳がねっとり潤んでいた。

ふたりはベッドに移動すると、抱き合ったまま倒れこむ。ディープキスで唾液を何度も交換して、ますます気分が高揚する。

「俺の上に乗ってもらえますか。顔をまたいで逆向きになってください」

勢いのまま願望を口にする。今ならなんでも許してもらえそうな気がして、友也はベッドの中央で仰向けになった。

「そんなの恥ずかしいわ」

そう言いながら、貴子は望みを叶えてくれる。

友也の顔をまたいで膝立ちになると、逆向きに覆いかぶさってきた。柔らかい女体が密着することで、一気にテンションがあがっていく。しかも、友也の目の前には、彼女の女陰が迫っているのだ。

「あんまり、見ないで……」

そう言われても視線をそらせない。

サーモンピンクの女陰は愛蜜でしっとり濡れている。友也の視線を感じているのか、割れ目から透明な汁がじわじわと染み出していた。

「た、貴子さん……」

興奮のあまり声がうわずってしまう。

いつかやってみたいと思っていたシックスナインだ。最愛の人を相手に現実となり、頭のなかが熱く燃えあがった。

「あぁっ……」

貴子も興奮しているのか、息づかいが荒くなっている。

屹立したペニスが眼前にそそり勃っているはずだ。亀頭の先端に彼女の熱い吐息を感じて、我慢汁がじんわり染み出すのがわかった。

友也は両手をまわしこんで尻たぶを抱えると、愛蜜で濡れ光る女陰にむしゃぶりついた。

「はあッ、ダ、ダメぇっ」

貴子の唇から喘ぎ声が溢れ出す。それと同時に太幹に指をまわして、キュッとにぎりしめた。

「ううッ……」

とたんに快感が全身にひろがり、反射的に女陰をジュルッと吸いあげる。口のなかに愛蜜が流れこみ、迷わず喉を鳴らして嚥下した。

二枚の陰唇は、今にも溶けてしまいそうなほど柔らかい。舌を伸ばして舐めあげれば、尻たぶが小刻みに震えて、割れ目から新たな華蜜が次から次へと溢れ出した。

「ああッ、こんなのって……ンンっ」

貴子は喘ぎ声を漏らすと、反撃とばかりに亀頭をぱっくり咥えこむ。飴玉をしゃぶるように口内で転がして、舌をねちっこくからませた。

「くうッ、き、気持ちいいっ」

たまらず股間を跳ねあげるが、貴子は咥えたペニスを放さない。

我慢汁がどっと溢れると、貴子はチュウチュウと吸いあげて、躊躇することなく飲んでくれる。それがうれしくて、友也の愛撫も加速していく。舌先でクリトリスをとらえると、愛蜜を塗りつけて舐めまわした。

「あふっ……あふンっ」

　貴子はくぐもった喘ぎ声を漏らしながら、首をゆったり振りはじめる。

　柔らかい唇が硬い肉棒の表面をヌルヌルと往復するのだ。口のなかでは舌が器用に動き、尿道口やカリの裏側を舐めまわしている。強烈な快感が生じて、腰が勝手に震えてしまう。

「くううッ、す、すごいっ」

　たまらず快楽の呻き声が漏れるが、友也もやられてばかりではない。舌をとがらせて膣口に挿入すると、ヌプヌプと出し入れした。

「あンっ、そ、そんな……あンンっ」

　ペニスを咥えたまま、貴子が腰をよじらせる。

　舌先で柔らかい膣壁を擦れば、奥から果汁がどんどん溢れ出す。女体は敏感に反応して、熱く熱く火照りだした。

「ああッ……あああッ」

「た、貴子さん……うむっ」

　貴子の喘ぎ声と友也の呻き声が交錯する。

　互いの股間をしゃぶり合うことで、どこまでも高揚していく。シックスナインで盛りあがり、早くひとつになりたくて仕方がない。

「お、俺、もう……」

女陰から口を離して訴える。このトロトロに蕩けた蜜穴に、いきり勃ったペニスを挿入したい。

「わたしも……友也くんがほしい」

貴子もペニスを吐き出して、たまらなそうに腰をくねらせた。

上半身をゆっくり起こして身体の向きを変える。そして、隆々と勃起したペニスの真上にまたがった。両膝をシーツにつけた騎乗位の体勢だ。

「はじめてのときと、同じだね」

貴子は微笑を浮かべてささやくと、右手で肉棒をつかんで亀頭を膣口に押し当てる。そして、尻をじわじわと落としはじめた。

「うう……」

亀頭の先端が少し入っただけで、甘い痺れがひろがった。膣口からは大量の華蜜が溢れて、亀頭の表面を流れていく。

「動かないでね……はンンっ」

彼女が腰を落とすことで、ペニスが媚肉のなかに埋まっていく。やがて亀頭も太幹も、熱い膣粘膜に包まれる。根元までずっぷりはまり、蕩けるような快感が湧きあがった。

「た、貴子さんと、また……」

感動が胸にこみあげる。

一夜限りの関係だと思っていた貴子と、こうして再び交わることができた。しかも、心を通わせた状態でつながることで、快感は二倍にも三倍にもふくれあがっていた。

「友也くん……うれしい」

貴子も感極まった様子で涙ぐんでいる。

尻を完全に落としこんでおり、ふたりの股間は密着していた。じっとしているだけで、愉悦がじわじわひろがっていく。できることなら、もっともっと深くつながりたい。

友也は上半身を起こすと、貴子の身体を抱きしめた。

あぐらをかいた股間に女体を乗せあげる対面座位の格好だ。たっぷりした乳房が、友也の胸板に密着してプニュッとひしゃげる。しっかり抱き合うことで、一体感がより深まった。

「ああっ、友也くん……」

貴子が名前を呼んで、至近距離から見つめる。そして、両手を頭にまわしこむと唇を重ねた。

「貴子さん……んんっ」

友也も彼女の背中を抱き寄せて、すぐに舌をからませる。

対面座位でつながったままのディープキスだ。相手の口内に舌を深く差し入れて、貪るようにキスをする。まだ腰は振っていない。ただ舌をからめて唾液を吸い合うことで、気持ちがどんどん盛りあがる。

「うれしい……好き、好きよ」

貴子がうわごとのようにつぶやき、友也の髪をかき乱す。

こうしている間も愛蜜は溢れつづけており、ふたりの結合部分は粗相をしたようにぐっしょり濡れていた。

「お、俺も……貴子さんのことが好きです」

想いを言葉にすることで、愛おしさがさらに大きくなる。

膣のなかに埋まっているペニスが、もう我慢できないとばかりにヒクヒク動いた。先端から大量のカウパー汁を漏らしており、鋭く張り出したカリが膣壁にめりこんだ。

「あっ……ああっ……と、友也くん」

貴子も我慢できなくなっているらしい。眉をせつなげに歪めて訴えると、腰をゆったりまわしはじめた。

「おううッ、き、気持ちいい」

軽く動かしただけだが、いきなり猛烈な快感が湧きあがる。

挿入してじっとしていた時間が、長い前戯となっていた。膣のなかに愛蜜とカウパー汁が大量にたまっており、ほんの少しの動きでもヌルヌル滑るのがたまらない。

「も、もう……くううッ」

友也も快楽を求めて腰を動かす。彼女の尻たぶを両手でしっかり抱えて、真下から股間を突きあげた。

「あンっ、い、いいっ」

貴子の唇から喘ぎ声がほとばしる。亀頭が深い場所まで到達して、下腹部がビクビクと波打った。

「し、締まってるよ、貴子さんのなか……」

「あンっ、言わないで」

指摘されると興奮するらしい。貴子は腰をますます大きくまわして、意識的にカリを膣壁にめりこませた。

「ああッ、硬い……友也くんのすごく硬い」

「そ、そんなに動いたら……ぬおおッ」

友也も股間をグイグイ突きあげる。彼女の腰の動きに合わせて、ペニスを女壺の深くまで埋めこんでいく。そうすることで、快感はさらに大きなうねりとなって押し寄せる。

「ああッ……ああッ……なかがゴリゴリって……」

「お、俺も、すごく気持ちいいですっ」

ふたりとも快感を訴えながら、腰の動きを加速させる。

対面座位で額を寄せ合い、視線を交わしたまま、いよいよ絶頂への急坂を駈けあがっていく。ペニスをリズミカルに出し入れすれば、女壺の締まりがさらに強くなる。湿った音が響きわたるのも欲望を刺激した。

「ああッ、い、いいっ、あああッ」

「す、すごいっ、ぬおおおッ」

貴子も友也も夢中になって腰を振る。

もう昇りつめることしか考えられない。快楽が快楽を呼び、身も心もトロトロに蕩けている。ふたりはしっかり抱き合うと、股間を擦りつけて、より深い場所までつながった。

「はあああッ、友也くんっ、も、もうダメっ」

「俺もですっ、くおおおおッ」

すぐ目の前まで絶頂が迫っている。深くつながった状態で腰をグリグリまわせば、瞬く間にふたりは悦楽の桃源郷に駆けあがった。

「あああああッ、イ、イクッ、あああああッ、イクイクうううッ!」

「た、貴子さんっ、おおおおッ、ぬおおおおおおおおおッ!」

凄まじい快感が突き抜ける。貴子がよがり泣いて、友也も獣のような咆哮を轟かせた。

これまで経験したことのない愉悦が、ふたりを一瞬で呑みこんだ。意識が飛びそうな絶頂感のなか、どちらからともなく唇を重ねていく。舌をからませることで、快感がより大きなものとなっていた。

深くつながったまま腰をネチネチと振り合えば、愉悦が波紋のようにひろがっていく。心を通わせた相手とのセックスは、快楽だけではなく多幸感ももたらしてくれた。

全身が蕩けそうな余韻を心ゆくまで堪能する。

どれくらい抱き合っていたのだろうか。乱れていたふたりの呼吸が、ようやく整ってきた。

「友也くん……好きよ」

「俺も、貴子さんが大好きです」

再び抱き合って唇を重ねる。この夢のような時間が、永遠につづくことを心から願った。

（そういえば……）

頭の片隅で、ふと思い出す。

あの指輪はどうなったのだろうか。

指輪をはめた手で触れると、相手の心の声が聞こえるという不思議な力が宿っていた。だが、キスをすると力は消えてしまう。セックスをするときは声が聞こえないので、誠心誠意つくすしかない。

その結果、より深い快楽と安らぎを得ることができたのだ。

あの指輪に出会っていなければ、貴子と距離を縮めることはできなかった。今にして思うと、奥手な友也の背中を押して、ふたりを結びつける手助けをしてくれたような気がしてならない。

きっと今ごろ、また誰かに拾われているのではないか。そして、なかなか結ばれないふたりを密かに応援している気がした。

＊この作品は、書き下ろしです。また、文中に登場する団体、個人、行為などは実在のものとはいっさい関係ありません。

二見文庫

僕《ぼく》の上司《じょうし》は人妻係長《ひとづまかかりちょう》

2022年 5月25日　初版発行

著者　葉月奏太《はづきそうた》

発行所　株式会社 二見書房
東京都千代田区神田三崎町2-18-11
電話 03(3515)2311 [営業]
03(3515)2313 [編集]
振替 00170-4-2639

印刷　株式会社 堀内印刷所
製本　株式会社 村上製本所

ISBN978-4-576-22063-5
https://www.futami.co.jp/